古典詩歌研究彙刊

第十六輯

龔鵬程 主編

第7冊

盛唐詩中佛禪語典之研究（下）

陳 明 聖 著

國家圖書館出版品預行編目資料

盛唐詩中佛禪語典之研究（下）／陳明聖 著 ── 初版 ── 新北市：
花木蘭文化出版社，2014〔民 103〕
目 6+152 面；17×24 公分
（古典詩歌研究彙刊 第十六輯；第 7 冊）
ISBN 978-986-322-825-7（精裝）
1.唐詩 2.詩評 3.佛教文學

820.91 103013516

ISBN-978-986-322-825-7

古典詩歌研究彙刊
第十六輯 第七冊 ISBN：978-986-322-825-7

盛唐詩中佛禪語典之研究（下）

作　　者	陳明聖
主　　編	龔鵬程
總 編 輯	杜潔祥
副總編輯	楊嘉樂
編　　輯	許郁翎
出　　版	花木蘭文化出版社
社　　長	高小娟
聯絡地址	235 新北市中和區中安街七二號十三樓
	電話：02-2923-1455／傳眞：02-2923-1452
網　　址	http://www.huamulan.tw 信箱 hml 810518@gmail.com
印　　刷	普羅文化出版廣告事業
初　　版	2014 年 9 月
定　　價	第十六輯 21 冊（精裝）新台幣 32,000 元

盛唐詩中佛禪語典之研究（下）

陳明聖 著

目

次

第五章　盛唐詩中的佛禪典故

　　盛唐詩人在詩句中化用某些佛教典故，有遠從西域至中土的高僧行誼；有佛典中的故事；有佛陀在世的事蹟；有中土僧人的修持風範；有佛法東傳中土的事蹟。爲了清楚說明，筆者將其分爲中土與西域兩節，詳細說明詩中典故出處與內容。

第一節　中土典故

　　盛唐詩所提到的中土佛教典故，以「人」居多數，尤其是傳奇性很高的僧人，佛教事件相對較少，箇中原因在於佛教爲了使大眾相信佛法的殊勝，因此有些西域來的僧人會展露某種奇異的力量或是法術，其中最爲人所知的就是禪宗初祖達摩的面壁九年，以及一葦渡江的傳奇事蹟；至於二祖神光則傳說爲求達摩之法而自斷左臂以表誠心。這些傳奇故事，盛唐詩人多少曾聽聞往來僧侶提及，自然會在詩中出現，或許是欽服這些僧侶的神異力量，也或許是仰慕僧人風采而心嚮往之，筆者將其整理於後。

一、廬山慧遠、虎溪相關

　　誠如第三章佛教名人中所言，慧遠是最常被盛唐詩人所提及的僧人，其因在於慧遠所示現的高遠人格風範，不僅當代僧人推崇備至，

就連鳩摩羅什亦讚其為東方的護法菩薩；甚至後秦國主姚興亦讚其美德；即使桓玄這種權傾一時的大官，慧遠也不受其威嚇，贏得桓玄的讚美，並堅決不接受桓玄的邀請而出仕；即便後來晉安帝路過廬山，旁人勸其在途中覲見皇帝，他也以有病推辭，反倒是晉安帝派使者來慰問慧遠。這些事蹟均記載於《高僧傳》，筆者節錄於下：

> 既入乎道，屬然不群，常欲總攝綱維，以大法為己任，精
> 思諷持，以夜續晝。貧旅無資，縕纊常闕，而昆弟恪恭，
> 終始不懈。有沙門曇翼，每給以燈燭之費。安公聞而喜曰：
> 「道士誠知人矣。」遠藉慧解於前因，發勝心於曠劫，故
> 能神明英越，機鑒遐深。安公常歎曰：「使道流東國，其在
> 遠乎！」〔註1〕

慧遠進入佛門後，與弟弟慧持精修佛法、日以繼夜，以弘揚正法為己任，每當出外宣化眾生時，常因貧困而身穿破舊衲衣，兄弟二人甘之如飴、互敬互愛，這些修行精神深為道安所讚許。《高僧傳》也記載慧遠的神異事蹟：

> 遠於是與弟子數十人，南適荊州，住上明寺。後欲往羅浮
> 山，及居潯陽，見廬峰清靜，足以息心，始住龍泉精舍。
> 此處去水大遠，遠乃以杖扣地曰：「若此中可得棲立，當使
> 朽壤抽泉。」言畢清流涌出，後卒成溪。其後少時，潯陽
> 亢旱，遠詣池側讀海龍王經，忽有巨蛇從池上空，須臾大
> 雨，歲以有年，因號精舍為龍泉寺焉。〔註2〕
>
> 有漁人於海中見神光，每夕豔發，經旬彌盛，怪以白侃。
> 侃往詳視，乃是阿育王像，即接歸，以送武昌寒溪寺。
> 寺主僧珍嘗往夏口，夜夢寺遭火，而此像屋獨有龍神圍
> 繞。珍覺，馳還寺，寺既焚盡，唯像屋存焉。侃後移鎮，
> 以像有威靈，遣使迎接。數十人舉之至水，及上船，船
> 又覆沒。使者懼而反之，竟不能獲。侃幼出雄武，素薄
> 信情，故荊、楚之間，為之謠曰：「陶惟劍雄，像以神標。

〔註 1〕參見《大正藏》第五十冊，第 358 頁上。
〔註 2〕參見《大正藏》第五十冊，第 358 頁上。

雲翔泥宿，邈何遙遙。可以誠致，難以力招。」及遠創
寺既成，祈心奉請，乃飄然自輕，往還無梗。方知遠之
神感證在風謠矣。於是率眾行道，昏曉不絕，釋迦餘化，
於斯復興。既而謹律息心之士，絕塵清信之賓，並不期
而至，望風遙集。〔註3〕

慧遠本想至潯陽建立道場，但走至廬山卻喜歡這裡的清淨，於是便在
廬山修行，但居住地離水源甚遠，於是慧遠便以錫杖擊地，一邊虔誠
祈禱眾神祇，若同意讓自己在此修道，就請賜水源，說完果真地下冒
出清泉，此後潯陽又遇旱災，慧遠走至池邊虔心讀誦龍王經，果真一
尾巨龍從池中飛起，天空即刻下雨。王維在〈過乘如禪師蕭居士嵩丘
蘭若〉中云：「迸水定侵香案濕，雨花應共石牀平。」即用此典故，
詩人在遊賞佛寺時，稱讚乘如禪師與蕭居士的佛法修為精深，此寺的
地下奔湧而出的清泉多到浸溼香案，這不止息的清泉恐是禪師精深的
修行感動神祇而賜的。

　　另外的神異事蹟是當年陶侃想帶走阿育王像，當十多人合力抬至
船上竟當下沉船，在場眾人臉色大變，只得空手而回，然而慧遠只是
誠心祝禱，祈請恭奉阿育王像，怎知佛像卻自己如雲朵般飄至廬山，
此一神異力量才讓人們知道慧遠的靈感，從此爾後，一些真心想修行
的人們便紛來沓至，望風聚至其門下。慧遠曾與鳩摩羅什往來書信，
鳩摩羅什在信中對慧遠的修行大表讚揚：

傳驛來況，粗承風德，比復如何，備聞一途，可以蔽百。
經言：末後東方當有護法菩薩。勗哉仁者，善弘其事。夫
財有五備，福、戒、博聞、辯才、深智，兼之者道隆，未
具者疑滯。仁者備之矣。所以寄心通好。〔註4〕

鳩摩羅什讚美慧遠具有福份、持戒、博聞、辯才與妙智慧，這是弘揚
佛法需俱備的五種德性，他更認為慧遠即是佛經所預言的東方護法菩
薩，鼓勵他再精進修持佛法。後來慧遠的佛法德行傳播愈遠，眾人的

〔註3〕參見《大正藏》第五十冊，第358頁下。
〔註4〕參見《大正藏·高僧傳》第五十冊，第359頁下。

敬仰亦愈深、愈多：

> 秦主姚興欽德風名，歎其才思，致書慇懃，信餉連接，
> 贈以龜茲國細縷雜變像，以申款心，又令姚嵩獻其珠像。
> 〔註5〕

> 玄後以震主之威，苦相延致，乃貽書騁說，勸令登仕。遠
> 答辭堅正，確乎不拔，志踰丹石，終莫能迴。俄而玄欲沙
> 汰眾僧，教僚屬曰：「沙門有能申述經誥，暢說義理，或禁
> 行修整，足以宣寄大化，其有違於此者，悉皆罷遣。唯廬
> 山道德所居，不在搜簡之例。」〔註6〕

> 及桓玄西奔，晉安帝自江陵旋于京師，輔國何無忌勸遠候
> 覲。遠稱疾不行。帝遣使勞問。〔註7〕

> 外國眾僧，咸稱漢地有大乘道士，每至燒香禮拜，輒東向
> 稽首，獻心廬岳。其神理之跡，故未可測也。〔註8〕

慧遠受到當時僧俗的敬仰，可從西域來的僧人到中土燒香禮拜時，均
會面向東方的廬山虔心祈禱看出，他們認為慧遠是修大乘法的僧人，
其神理之跡難以揣度。連西域僧人都肯定慧遠的德行，更何況是中土
人民。

慧遠一生的修行，最佳的典範是不論對方地位高低，他堅守不送
客過虎溪的規矩，這種堅持正契合佛法平等無高下的理路，也為後來
僧徒奠下模範，嚴守佛法眾生平等的要旨：

> 自遠卜居廬阜三十餘年，影不出山，跡不入俗。每送客遊
> 履常以虎溪為界焉。〔註9〕

慧遠於東晉義熙十二年八月生病並開始服藥，慧遠此時更展現嚴守戒
法的典範：

> 以晉義熙十二年八月初動散。至六日困篤。大德耆年皆稽

〔註5〕 參見《大正藏‧高僧傳》第五十冊，第360頁上。
〔註6〕 參見《大正藏‧高僧傳》第五十冊，第360頁中。
〔註7〕 參見《大正藏‧高僧傳》第五十冊，第361頁上。
〔註8〕 參見《大正藏‧高僧傳》第五十冊，第360頁上。
〔註9〕 參見《大正藏‧高僧傳》第五十冊，第361頁上。

頼請飲豉酒。不許。又請飲米汁不許。又請以蜜和水爲漿。

乃命律師令披卷尋文得飲與不。卷未半而終。〔註10〕

慧遠一生不畏強權，堅持佛教徒的操守，縱使命危之刻亦不破戒，堅決不服用藥酒，因此，談論佛教的典範人物，慧遠是最常被提及的一位，根據筆者的統計，盛唐詩談及虎溪者有六處，以表格列之：

【表 5-1】慧遠、虎溪

日暮辭遠公，虎溪相送出（孟浩然〈疾愈過龍泉精舍呈易業二公〉・頁 80）	「虎溪」，廬山慧遠法師之故事也。廬山記二曰：「流泉匝寺，下入虎溪。昔遠法師送客過此，虎輒號鳴，故名。
江路經廬阜，松門入虎溪（孟浩然〈夜泊廬江聞故人在東林寺以詩寄之〉・頁 140）	
笑別廬山遠，何煩過虎谿（李白〈別東林僧〉・頁 729）	
霜清東林僧，水白虎溪月（李白〈廬山東林寺夜懷〉・頁 1075）	
晚與門人別，依依出虎溪（全唐詩・皇甫曾〈題贈吳門邑上人〉・頁 2182）	
客從龍闕至，僧自虎溪尋（全唐詩・常袞〈題金吾郭將軍石狀茅堂〉・頁 2852）	
暮持筇竹杖，相待虎溪頭（王維〈過感化寺曇興上人山院〉・頁 437）	

　　孟浩然〈夜泊廬江聞故人在東林寺以詩寄之〉中描述自己乘船沿著江流航道前往廬山，在松門山進入虎溪；李白〈別東林寺僧〉中指出我微笑著與廬山東林寺的僧人告別遠去，實在毋須讓你送我過虎溪。〈廬山東林寺夜懷〉中則指出東林寺的鐘聲在夜晚響起，更凸顯大地一片淒清，而虎溪之水有如天上明月般潔白；皇甫曾〈題贈吳門邑上人〉中指出天黑時與上人話別，而你我如慧遠、陶潛般依依不捨地相送，直到出虎溪、聽到虎鳴，方知已逾慧遠送人不出虎溪之規，此是詩人借此典故敘說二人情感深厚；常袞〈題金吾郭將軍石狀茅堂〉

〔註10〕參見《大正藏・高僧傳》第五十冊，第 361 頁中。

中描述將軍茅堂時有從京城皇殿中人來訪，亦有從一代高僧慧遠修行地、廬山虎溪來的僧人尋訪；王維〈過感化寺曇興上人山院〉指出自己過訪山寺，曇興上人在日暮時持著筇竹杖，正在寺外的溪旁等我。王維在此以虎溪典故表明二人友情深厚。

二、與虎相關典故

如前所言，唐以上的西域僧人要傳播佛法於中土，首要工作即是建立人們對佛教的信心，因此，許多僧人均展示佛陀所言之神通，藉以使人們信服，佛教認為精深的修行者，會得五種神通力，而其中被人所常用的神通都是制伏猛虎、使其聽話、任憑驅使，筆者就盛唐詩所出現的內容，分點論述於下。

1. 虎眠

《續高僧傳‧法聰》（卷十六）記載晉安王至法聰禪室，因其心性未淨，連兩次都無法見到法聰，後來是其潔齋、躬盡、虔敬才得見，一進門只見兩虎伏臥在繩床兩側，晉安王嚇到不敢再進，此時法聰竟徒手按虎頭至地並閉其虎眼，晉安王才敢再進，文中又提到法聰接著又召十多隻大老虎前來，為牠們受三歸戒，至此當地不再有虎患

> 初梁晉安王來部襄雍，承風來問將至禪室。馬騎將從無故卻退，王慚而返。夜感惡夢，後更再往，馬退如故。王乃潔齋躬盡虔敬方得進見。初至寺側，但睹一谷猛火洞燃，良久佇望，忽變為水經停傾仰水滅堂現，以事相詢，乃知爾時入水火定也。堂內所坐繩床兩邊各有一虎，王不敢進，聰乃以手按頭著地，閉其兩目召王令前，方得展禮。因告境內，多弊虎災，請求救援，聰即入定，須臾，有十七大虎來至，便與受三歸戒，敕勿犯暴百姓，又命弟子以布繫諸虎頸，滿七日已當來於此，王至期日設齋，眾集諸虎亦至，便與食解布，遂爾無害。〔註11〕

這是孟浩然〈陪柏臺友共訪聰上人禪居〉詩中「石室無人到，繩床見

〔註11〕參見《大正藏‧續高僧傳》第五十冊，第 555 頁下。

虎眠」的典故由來，詩人與在柏臺任職的友人共遊法聰舊居，雖人事已非，但當年法聰徒手按虎的傳奇，似乎仍在眼前重現，詩的最後兩句即顯露作者的豁達：「出處雖云異，同歡在法筵。」不論在朝或在野，在佛法之下，大家都是佛子，均是世尊信徒，在世尊眼中萬物均是平等，仕隱之間毋需太過分明，當下均得自在。

2. 制虎

《法苑珠林》（卷六十三）記載于法蘭夜見猛虎而無驚，不僅讓猛虎進入禪室，甚至還用手安撫猛虎，此虎亦奮耳而伏，顯得相當乖順，伏臥數日才離去：

> 晉沙門于法蘭。高陽人也。十五而出家。器識沈秀業操貞整。寺于深巖嘗夜坐禪。虎入其室因蹲床前。蘭以手摩其頭。虎揚耳而伏。數日乃去。〔註12〕

這是李白〈送通禪師還南陵隱靜寺〉詩中「道人制猛虎」的典故由來，詩人所要表達的是隱靜寺的神奇異相，留有許多傳奇性的事跡，尤其是寺中僧人彷若仍留于法蘭制虎的能力，從外相的描述而暗指、讚美通禪師的修為，李白詩中的制虎雖指外相上的猛虎，但實際上則在說明通禪師制服內心猛虎的功力高深；這典故也在高適〈同馬太守聽九思法師講金剛經〉中出現，「鳴鐘山虎伏」所指的內容亦為于法蘭降虎的故事，其詩旨同李白，均為讚美通禪師的修為。

3. 虎臥

《高僧傳·慧永》（卷六）記載慧永在修行的門室內，常有一隻老虎出沒，眾人看到猛虎經常感到害怕，於是慧永便驅使老虎出屋回山林，等到信徒離開後，這隻老虎依舊又跑回來，重新伏臥在慧永屋內：

> 永屋中常有一虎。人或畏者。輒驅令上山。人去後還。復馴伏。〔註13〕

〔註12〕參見《大正藏》第五十三冊，第765頁上。
〔註13〕參見《大正藏·高僧傳》第五十冊，第362頁上。

類似的傳奇尚有《景德傳燈錄・卷九》所記載善覺禪師的事蹟：

> 一日，觀察使裴休訪之，問曰：『師還有侍者否？』師曰：
> 『有一兩箇。』裴曰：『在什麼處？』師乃喚：『大空！小
> 空！』時二虎自庵後而出。裴睹之驚悸。師語二虎曰：『有
> 客，且去。』二虎哮吼而去。〔註14〕

這是杜甫〈謁文公上方〉中「庭前猛虎臥，遂得文公廬」的典故由來，詩人所要表達的是僧人修有神通靈力，其修為已臻不凡，杜甫詩中提及文公居室前有虎伏臥，旨在讚揚文公佛法修為之精深。

4. 解虎

《續高僧傳・僧稠傳》（卷十六）記載僧稠曾在懷州西王屋山行走時，遇見兩隻猛虎正在打鬥，僧稠即刻用禪錫阻隔分開兩虎之打鬥，甚至令其雙方散去，二虎似懂人語，故各自散去：

> 後詣懷州西王屋山，修習前法。聞兩虎交鬥咆響振巖，乃
> 以錫杖中解，各散而去。〔註15〕

這是岑參〈大白胡僧歌〉中「窗邊錫杖解兩虎」的典故由來，詩人在此亦傳達此僧俱有高深修持，能如僧稠般可與萬物溝通，在兩虎相鬥面前，不僅無畏、甚至還化解二虎的死鬥，更令其二虎各自散去，箇中涵義，自是讚美僧人的修為。

三、杯度

《高僧傳・神異下》（卷十）記載南朝宋的一位傳奇僧人——杯度，此名亦非真名，因歷史上並未留下其出家法號，後世只以其常乘木杯渡河的神異事蹟為其名〔註16〕。杯度的神異傳奇相當多，他助人的方式各各不同，最神奇的還會分身，在兩地同時出現，筆者列舉數項說之：

〔註14〕參見《大正藏》第五十一冊，第 261 頁下。
〔註15〕參見《大正藏・續高僧傳》第五十冊，第 554 頁上。
〔註16〕參見《大正藏・高僧傳》：「杯度者，不知姓名，常乘木杯度水，因而為目。」第五十冊，第 390 頁下。

> 唯荷一蘆圈子更無餘物。乍往延賢寺法意道人處。意以別
> 房待之。後欲往延步江。於江側就航人告度。不肯載之。
> 復累足杯中顧眄吟詠。杯自然流直度北岸。〔註17〕

杯度的隨身行李只有一個蘆圈子，他想渡河但船主不肯載他，於是將
雙腳疊起、站在木杯中、口誦咒語，木杯竟自己向前流動，這是其名
的由來。

> 既至彭城，遇有白衣黃欣，深信佛法，見度禮拜，請還家。
> 其家至貧，但有麥飯而已。度甘之怡然，止得半年，忽語
> 欣云：「可覓蘆圈三十六枚。吾須用之。」答云：「此間正
> 可有十枚。貧無以買。恐不盡辦。」度曰：「汝但檢覓宅中
> 應有。」欣即窮檢，果得三十六枚，列之庭中。雖有其數，
> 亦多破敗。比欣次第熟視，皆已新完。度密封之，因語欣
> 令開，乃見錢帛皆滿，可堪百許萬。識者謂是杯度分身他
> 土，所得嚫施，迴以施欣，欣受之皆爲功德。〔註18〕

杯度爲感謝黃欣的半年照顧，要他找三十六個蘆圈，找齊後正要整
理時竟從破爛的蘆圈變爲全新的蘆圈，杯度將其密封後又叫黃欣打
開，裡面均裝滿了錢，鄰里知道這些事後，一致認爲這是杯度的回
報。

> 時南州有陳家頗有衣食。度往其家甚見料理。聞都下復有
> 一杯度。陳家父子五人咸不信。故下都看之。果如其家杯
> 度形相一種。陳爲設一合蜜薑及刀子熏陸香手巾等。度即
> 食蜜薑都盡。餘物宛在膝前。其父子五人恐是其家杯度。
> 即留二弟停都守視。餘三人還家。家中杯度如舊。膝前亦
> 有香刀子等。但不噉蜜薑爲異。乃語陳云。刀子鈍可爲磨
> 之。二弟都還云。彼彼已移靈鷲寺。其家度忽求黃紙兩幅
> 作書。書不成字。合同其背。陳問上人作何券書。度不答。
> 竟莫測其然。〔註19〕

〔註17〕參見《大正藏·高僧傳》第五十冊，第 390 頁中～390 頁下。
〔註18〕參見《大正藏·高僧傳》第五十冊，第 390 頁下～391 頁上。
〔註19〕參見《大正藏·高僧傳》第五十冊，第 391 頁中。

有次杯度在南州的陳家做客，但傳聞京城還有一個杯度，陳家父子趕往京城一探究竟，果眞還有另一個杯度，陳家父子試探不出何者眞、何者假？還是眞有分身之說？

> 都下杯度。猶去來山邑多行神咒。時庾常婢偷物而叛。四追不擒。乃問度。度云已死在金城江邊空塚中。往看果如所言。孔寧子時爲黃門侍郎。在廨患痢。遣信請度。度咒竟云。難差。見有四鬼皆被傷截。寧子泣曰。昔孫恩作亂家爲軍人所破。二親及叔皆被痛酷。寧子果死。又有齊諧妻胡母氏病。眾治不愈。後請僧設齋。齋坐有僧聰道人。勸迎杯度。度既至一咒。病者即愈。〔註20〕

杯度還有未卜先知的能力，連逃走的婢女死在空墳中，他也一清二楚；他還能看透三世因果，知道生病的孔寧子無法痊癒；他也曾透過念動咒言，而治好別人所無法醫治的病人。

杯度的各種靈異傳奇廣被後人所知，盛唐詩人在詩中亦提及，如李白的〈贈僧崖公〉：「何日更攜手，乘杯向蓬瀛。」即傳承此典故。李白寫詩送僧人，詩中充滿仰慕之情，對崖公的佛法與修持推崇不已，期待有朝一日也能與崖公如杯度般乘著木杯，渡向佛仙所居之靈地。李白〈送通禪師還南陵隱靜寺〉中云：「巖種朗公橘，門深杯度松。」詩中提到隱靜寺所在的山巖，據說有康法朗當年親手種植的橘樹，而寺門前則有傳奇僧人杯度親手栽種的古松；杜甫在〈題玄武禪師屋壁〉中云：「錫飛常近鶴，杯渡不驚鷗。」亦用杯度典故，不過，此典故並無寄託杜甫的特殊意涵，仇兆鰲認爲大概是壁畫上有鷗，所以詩人採用無中生有之法，以佛教典故指稱水上之鷗；孟浩然在〈韓大使東齋會岳上人諸學生〉中云：「山川祈雨畢，品物喜晴開。抗禮尊縫掖，臨流揖渡杯。」則是以杯度代指岳上人，蕭繼宗在《孟浩然詩說》中對此段做出解說：

> 三句「山川祈雨畢」，時襄州苦旱，故有「祈雨」之舉。……
> 第六句「臨流揖渡杯」，……以此杯渡擬岳上人，謂其神力

〔註20〕參見《大正藏・高僧傳》第五十冊，第392頁上。

卓越，因知當日祈雨法會，上人當主其事，故以渡杯稱之
也。〔註21〕

韓大使召開會議的目的難以考證，但含有祈雨的目的可以確認，孟浩
然以傳奇僧人比擬岳上人，筆者同意蕭繼宗的論點，實爲讚美岳上人
的修持高深、如杯度般能通鬼神，可命其下雨；孫逖在〈送新羅法師
還國〉中云：「海闊杯還度，雲遙錫更飛。」詩中亦多所稱讚法師的
修行，雖談到杯度但非全然說其神異能力，筆者認爲詩中較傾向藉由
乘杯渡江的事蹟，意指法師的離去，或許正如《高僧傳・杯度》的記
載一般，杯度最後不知所終，法師此次離開恐再難相會，不捨之情溢
於言表。

四、彌天釋道安

　　道安是慧遠的師父，在佛教史上，道安的名氣雖不如慧遠，但其
高遠模範仍是後人所景仰的對象，根據《高僧傳・釋道安》（卷五）
的記載，道安與慧能一樣，外表相貌均不出眾，但對佛法卻是精進研
讀：

　　而形貌甚陋，不爲師之所重。驅役田舍，至于三年，執勤
　　就勞，曾無怨色，篤性精進，齋戒無闕。數歲之後，方啓
　　師求經，師與辯意經一卷，可五千言。安齎經入田，因息
　　就覽，暮歸，以經還師，更求餘者，師曰：「昨經未讀，今
　　復求耶？」答曰：「即已闇誦。」師雖異之，而未信也。復
　　與成具光明經一卷，減一萬言，齎之如初，暮復還師。師
　　執經覆之，不差一字，師大驚嗟而異之。〔註22〕

道安在鄴城見到佛圖澄，佛圖澄對道安稱讚不已，但僧眾卻因其相貌
醜陋而看輕他，佛圖澄則對眾僧提點，道安的器識修爲非他們所能理
解，後來眾僧想提問考倒道安，道安均精準答覆，此時才讓眾人信服：

〔註21〕參見蕭繼宗《孟浩然詩說》，臺北：商務印書館，1985 年 6 月版，頁
　　　　248。
〔註22〕參見《大正藏・高僧傳》第五十冊，第 351 頁下。

> 至鄴，入中寺，遇佛圖澄，澄見而嗟歎，與語終日。眾見
> 形貌不稱，咸共輕怪，澄曰：「此人遠識，非爾儔也。」因
> 事澄爲師。澄講，安每覆述，眾未之愜。咸言：「須待後次，
> 當難殺崑崙子。」即安後更覆講，疑難鋒起，安挫銳解紛，
> 行有餘力，時人語曰：「漆道人驚四鄰。」〔註23〕

道安常宣佛法，其德行亦逐受政治人物肯定，如武邑太守盧歆、彭城
王石遵、苻堅等人，都曾邀請道安講經說法，其中的苻堅對道安更是
推崇，他在攻入襄陽後對左右說他用十萬軍攻取襄陽，只得一個半
人，道安一人，習鑿齒半人：

> 時武邑太守盧歆，聞安清秀，使沙門敏見苦要之。安辭不
> 獲免，乃受請開講，名實既符，道俗欣慕。

> 至年四十五，復還冀部，住受都寺，徒眾數百，常宣法化。
> 時石虎死，彭城王石遵墓襲嗣立，遣中使竺昌蒲請安入華
> 林園，廣修房舍。〔註24〕

> 時苻堅素聞安名。每云：「襄陽有釋道安，是神器，方欲致
> 之以輔朕躬。」後遣苻丕南攻襄陽，安與朱序俱獲於堅，堅
> 謂僕射權翼曰：「朕以十萬之師取襄陽。唯得一人半。」翼
> 曰：「誰耶？」堅曰：「安公一人，習鑿齒半人也。」〔註25〕

道安曾在襄陽住過十五年，然在道安到襄陽前，襄陽當時辯才超絕的
習鑿齒就已寫信給道安表示友好，道安一來，習鑿齒未忘展露機鋒，
自我介紹爲「四海習鑿齒」，道安亦不落下風，接著介紹自己是「彌
天釋道安」，這是千古名句，一方面展現道安的風采，不讓人難堪，
另一方面也不辱僧者本色，恰如其份：

> 時襄陽習鑿齒鋒辯天逸，籠罩當時。其先聞安高名，早已
> 致書通好曰：……及聞安至止，即往修造。既坐，稱言：「四
> 海習鑿齒。」安曰：「彌天釋道安。」時人以爲名答。〔註26〕

〔註23〕 參見《大正藏·高僧傳》第五十冊，第 351 頁下。
〔註24〕 參見《大正藏·高僧傳》第五十冊，第 352 頁上。
〔註25〕 參見《大正藏·高僧傳》第五十冊，第 352 頁下。
〔註26〕 參見《大正藏·高僧傳》第五十冊，第 352 頁中～352 頁下。

> 習鑿齒與謝安書云：「來此見釋道安，故是遠勝，非常道
> 士，師徒數百，齋講不倦。無變化伎術，可以惑常人之
> 耳目；無重威大勢，可以整群小之參差。而師徒肅肅，
> 自相尊敬，洋洋濟濟，乃是吾由來所未見。其人理懷簡
> 衷，多所博涉，內外群書，略皆遍睹，陰陽算數，亦皆
> 能通，佛經妙義，故所游刃。作義乃似法蘭、法道，恨
> 足下不同日而見，其亦每言思得一敍。」其爲時賢所重，
> 類皆然也。〔註27〕

習鑿齒後來在寫信給謝安時，大力稱揚道安的佛法修持精深，而且各
種天文術數、內外典亦都通解。今日吾人乍看之下，彷彿道安是個天
才，然而這種稱揚是被當時的賢者所認可，因此道安在當時僧俗心中
的份量當屬不輕。這可從苻堅意欲攻打東晉，眾人勸說皆無效，大家
均認爲唯有道安可以改變苻堅心意，縱使後來苻堅並未改變心意並進
攻大敗，但當初道安的勸誡則一一印證：

> 堅每與侍臣談話，未嘗不欲平一江左，以晉帝爲僕射，謝
> 安爲侍中。堅弟平陽公融及朝臣石越、原紹等，並切諫，
> 終不能迴。眾以安爲堅所信敬，乃共請曰：「主上將有事東
> 南。，何不能爲蒼生致一言耶？」……安對曰：「陛下應天
> 御世，有八州之貢富。居中土而制四海，宜棲神無爲，與
> 堯舜比隆。今欲以百萬之師，求厥田下下之上。且東南區
> 地，地卑氣厲，昔舜禹遊而不反，秦皇適而不歸，以貧道
> 觀之，非愚心所同也。」……安曰：「若鑾駕必動，可先幸
> 洛陽，枕威蓄銳，傳檄江南，如其不服，伐之未晚。」堅
> 不從，遣平陽公融等精銳二十五萬爲前鋒，堅躬率步騎六
> 十萬到。頃，晉遣征虜將軍謝石、徐州刺史謝玄拒之。堅
> 前軍大潰於八公西，晉軍逐北三十餘里，死者相枕。融馬
> 倒殞首，堅單騎而遁，如所諫焉。〔註28〕

道安的修持感動神佛，派遣使者前來提點其涅槃歸處，並化出神異力

〔註27〕參見《大正藏・高僧傳》第五十冊，第 352 頁下。
〔註28〕參見《大正藏・高僧傳》第五十冊，第 353 頁上～353 頁中。

量，使眾人一窺兜率天宮的殊勝，這是道安在彌勒像前立願往生兜率
天宮的果報，果不久，道安即告眾人此生已盡，後無疾而終：

> 安每與弟子法遇等，於彌勒前立誓，願生兜率。後至秦建
> 元二十一年正月二十七日，忽有異僧，形甚庸陋，來寺寄
> 宿。寺房既迮，處之講堂。時維那直殿，夜見此僧從窗隙
> 出入，遽以白安，安驚起禮訊問其來意。答云：「相爲而來。」
> 安曰：「自惟罪深，詎可度脫。」彼答云：「甚可度耳，然
> 須臾浴聖僧，情願必果。」具示浴法。安請問來生所往處，
> 彼乃以手虛撥天之西北，即見雲開，備睹兜率妙勝之報。
> 爾夕，大眾數十人悉皆同見。安後營浴具，見有非常小兒，
> 伴侶數十，來入寺戲。須臾就浴，果是聖應也。至其年二
> 月八日，忽告眾曰：「吾當去矣。」是日齋畢，無疾而卒。
> 〔註29〕

道安之德受後人推崇，因此，盛唐詩有所提及，如高適在〈同馬太守
聽九思法師講金剛經〉中云：「願開初地因，永奉彌天對。」欲修大
乘菩薩道的修行者，其願力的開始即是從初地生發，經過磨練、修持
進而逐步提昇直至十地、佛境界。高適在聽經的過程中，心中生起法
喜，意欲始修佛法，而修行總需一個目標仿效，因此提出道安與習鑿
齒的千古名對，筆者以爲這是高適想要效法道安「彌天」之德的典範，
但高適的德恐非全是佛家修行、渡人、慈悲之德，其中應含有名聲造
就之德；孟浩然在〈與張折衝游耆闍寺〉中云：「釋子彌天秀，將軍
武庫才。」亦是借用道安典故，蕭繼宗在《孟浩然詩說》中對此做出
「此句以譽寺中長老」〔註30〕的解釋，筆者亦表讚同，孟浩然稱讚寺
中長老的修行，如彌天釋道安般嚴謹、優秀，此句與孟浩然本身較無
牽涉。

〔註29〕參見《大正藏・高僧傳》第五十冊，第 353 頁中～353 頁下。
〔註30〕參見蕭繼宗《孟浩然詩說》，臺北：商務印書館，1985 年 6 月版，頁
　　　　114。

五、支遁

　　根據《高僧傳・支遁》（卷四）的記載，支遁世代均信奉佛教，甚早對人生有另種不同的想法，出家前就熟讀佛經，二十五歲出家後，對莊子思想涉獵頗深，曾爲《莊子・逍遙遊》做註解，其內容深爲當時衆儒士與學者的敬仰，如謝安、王羲之就對支遁相當欣賞，尤其王羲之本來對支遁的名聲是嗤之以鼻的態度，但在見到本人後，態度即轉變：

> 家世事佛，早悟非常之理。隱居餘杭山，深思道行之品，委曲慧印之經，卓焉獨拔，得自天心。年二十五出家，每至講肆，善標宗會，而章句或有所遺，時爲守文者所陋。謝安聞而善之，曰：「此乃九方埋之相馬也。略其玄黃而取其駿逸。」……遁嘗在白馬寺。與劉系之等談莊子逍遙篇，云：「各適性以爲逍遙。」遁曰：「不然，夫桀跖以殘害爲性，若適性爲得者，從亦逍遙矣。」於是退而注逍遙篇。群儒舊學，莫不歎服。〔註31〕
>
> 王羲之時在會稽，素聞遁名。未之信，謂人曰：「一往之氣，何足言。」後遁既還剡，經由于郡，王故詣遁，觀其風力。既至，王謂遁曰：「逍遙篇可得聞乎？」遁乃作數千言，標揭新理，才藻驚絕。王遂披衿解帶，流連不能已。仍請住靈嘉寺，意存相近。〔註32〕

支遁最爲後人所引用的事蹟，是其在山陰縣講解《維摩經》時，他爲法師負責釋經，許詢爲都講唱經，支遁每通解一義，衆人均以爲許詢無法置難；而每次許詢提出一個疑難，大家也以爲支遁恐無法解疑，如此互相問難直至結束，誰也無法難倒對方，從中亦可看出這兩人默契十足，情感深厚，僧俗之間並非完全斷離，有時反而是相輔相成、相知相惜：

> 晚出山陰，講維摩經，遁爲法師，許詢爲都講，遁通一義，

〔註31〕參見《大正藏・高僧傳》第五十冊，第348頁中。
〔註32〕參見《大正藏・高僧傳》第五十冊，第348頁下。

> 眾人咸謂詢無以厝難，詢設一難，亦謂遁不復能通，如此
> 至竟，兩家不竭。凡在聽者，咸謂審得遁旨，迴令自說，
> 得兩，三反便亂。〔註33〕

晉哀帝即位後，不斷派遣使者邀請支遁到京城講法，支遁後來接受並住進東安寺，開始講經說法，僧俗之人無不對其欽佩讚揚，甚至謝安還認爲支遁的談吐勝過嵇康。支遁在京城三年後，便上書請求皇帝准他回歸山林，希望能回歸出家人的超俗本色，支遁此一做法，立下僧人行事典範，在塵不染塵的實際作爲，也難怪支遁能被當時人與後人推崇再三：

> 至晉哀帝即位，頻遣兩使，徵請出都，止東安寺，講道行
> 波若，白黑欽崇，朝野悅服。……郗超問謝安：「林公談何
> 如嵇中散？」安曰：「嵇努力裁得去耳。」〔註34〕

> 孫綽道賢論以遁方向子期，論云：「支遁、向秀雅尚莊老。
> 二子異時，風好玄同矣。」又喻道論云：「支道林者，識清
> 體順，而不對於物。玄道沖濟，與神情同任。此遠流之所
> 以歸宗，悠悠者所以未悟也。」後高士戴逵行經遁墓，乃
> 歎曰：「德音未遠，而拱木已繁，冀神理綿綿，不與氣運俱
> 盡耳。」〔註35〕

李頎在〈題璇公山池〉中云：「此外塵俗都不染，惟余玄度得相尋。」則是借此典故稱讚璇禪師如支遁般修行高深，塵俗的名利欲望均不染著，想體悟、追尋其修爲境界的人，惟有如許詢一樣能解支遁義的人才能了遂心願吧！高適則藉由支遁與許詢的相互問難典故，進一步問候當時人在浣花溪寺借住的杜甫，他說：「聽法還應難，尋經剩欲翻。」高適想像杜甫在寺中每日聽經，應如當年支遁與許詢般與僧人精研佛法、相互研討佛理。杜甫則在回詩中則說聽法則有，但卻無法問難。岑參在〈秋夜宿仙遊寺南涼堂呈謙道人〉云：「日西到山寺，林下逢

〔註33〕參見《大正藏‧高僧傳》第五十冊，第348頁下。
〔註34〕參見《大正藏‧高僧傳》第五十冊，第349頁上。
〔註35〕參見《大正藏‧高僧傳》第五十冊，第349頁下。

支公。」日落時分走至山寺，在樹林中遇見僧人，詩人在此以支遁之名代指僧人。傳達出作者對僧人的敬仰。岑參在〈聞崔十二侍御灌口夜宿報恩寺〉中云：「聞君尋野寺，便宿支公房。」詩人亦以支遁名代指僧人之房。

杜甫亦提及這典故，在〈已上人茅齋〉中提到：「空忝許詢輩，難酬支遁詞。」謙稱自己雖創作詩歌、以許詢自比，但仍無法如許詢般深解支遁佛理，對於已上人的修行深入，自己是追趕不上，無法互相酬唱；杜甫在〈西枝村尋置草堂地夜宿贊公土室二首〉其二中云：「從來支許遊，興趣江湖迥。」長安大雲寺僧人贊公被貶至秦州，杜甫與其交往甚密，詩人感慨贊公原應在寺院中為人講經說法、指點塵迷，如今卻因政治事件被貶此地，本是脫俗離塵之人，此時卻被俗世蒙塵。杜甫在〈大雪寺贊公房四首〉其二中云：「道林才不世，惠遠德過人。」詩人將贊公比擬為支遁、惠遠，稱讚其德行。

孟浩然在〈還山詒湛法師〉中云：「晚途歸舊壑，偶與支公鄰。」詩人早年甚有濟世之志，但都不得其門，後來歸隱山林潛修佛、道，詩中所言支公即是湛法師，筆者以為詩人欲以己身比擬許詢，希望自己的修行能如同許詢般與支遁默契不凡、能互為解難佛意，此為「鄰」字意，再將湛法師比為支遁，自是稱讚其修行的深入；孟浩然在〈春晚題永上人南亭〉中：「給園支遁隱，虛寂養身和。」與〈宴榮山人亭〉中：「櫪嘶支遁馬，池養右軍鵝。」均提及支遁，此二詩的用意在於讚揚支遁最後放棄在京城養尊處優的生活，而歸隱山林的德行，借此顯揚永上人與榮山人亦有與支遁相似之行；至於孟浩然在〈宿立公房〉中所言的「支遁初求道，深公笑買山。」則放在另節關於竺法潛的典故說明。孟浩然在〈同王九題就師山房〉云：「晚憩支公房，故人逢右軍。」則言晚上在寺院僧房休息，以支公房代稱僧房。

李白分別在〈贈宣州靈源寺仲濬公〉云：「今日逢支遁，高談出有無。」與〈將遊衡岳，過漢陽雙松亭，留別族弟浮屠談皓〉云：「卓絕道門秀，談玄乃支公。」及〈別山僧〉云：「謔浪肯居支遁下？風流還

與遠公齊。」均談及支遁，首詩意在讚揚濬公的佛法如同支遁般深妙，其佛理早已超越玄學家所言的有無之理，二詩亦為稱揚僧人談論的佛理如支遁般精絕，三詩則暗指山僧的深山修行，實不與支遁棄繁華入隱居有所差別，仍堅持苦修與實證；在〈陪族叔當塗宰遊化城寺升公清風亭〉中云：「雖遊道林室，亦舉陶潛杯。」則以道林之名指佛門。

皇甫冉在〈秋夜有懷高三十五兼呈空和尚〉中云：「不見支公與玄度，相思擁膝坐長吟。」與〈贈普門上人〉中云：「支公身欲老，長在沃州多。」前詩經由支遁與玄度典故中的朋友情深，抒發自己的思念情懷，一方面也讚揚其修行之用心，後詩則將普門上人比擬為支遁，稱讚其修行之德。崔國輔在〈宿法華寺〉中云：「此心竟誰證，回憩支公床。」則說明詩人於寺中的感觸，佛言佛心佛性，但箇中境界難以用言語、物質去驗證，猶如欲展濟世之才卻不得其門的困境一樣，既然二者皆不可解，惟有回到禪房、躺臥在禪床上休息後再思考。崔曙在〈宿大通和尚塔敬贈如上人兼呈常孫二山人〉中云：「支公已寂滅，影塔山上古。」則意指支遁雖已涅槃久矣，但其後繼者仍是輩出，如與支遁同樣善於說法的神秀，以及如上人等，仍承支公志向，在中土帶給眾人出離生死苦海的法門。張謂在〈哭護國上人〉中云：「支公何處在，神理竟茫茫。」詩人意在弔念護國上人，並將上人比擬為支遁，自己則化為許詢，傷悲知我心者已遠逝，將來若遇困境又有誰能傾吐？另一面也感嘆往後佛理的講述恐難如護國上人般清晰。李嘉祐在〈送王正字山寺讀書〉中云：「欲究先儒教，還過支遁居。」則藉支遁精通儒釋道經典的特點，期勉王正字若要精通儒家思想，就要效法支遁精熟三教經典，三教融通則儒家思想會體悟更深，若要研究佛法，至佛寺居住是最便捷的方法，是故筆者以為此「支遁居」即指佛寺、禪堂。皇甫曾在〈贈沛禪師〉中云：「身歸沃洲老，名與支公接。」則是稱讚沛禪師的修行精進，其名已足以與支遁名相連，說是支遁第二亦是可行。裴迪〈西塔寺陸羽茶泉〉云：「不獨支公住，曾經陸羽居。」言明西塔寺不僅支遁住過，陸羽亦曾居住於此。

六、竺法蘭

　　根據《高僧傳・竺法蘭》（卷一）的記載，他是從天竺而來的僧人，其學問深廣難計，曾自言看過的佛經章節以萬算計，在天竺更是眾多佛教學者的老師，後因對傳播佛法有使命感，於是和摩騰共同結伴來到中土，由於其過人的學習力，短時間內就學得中土語言：

　　　　竺法蘭，亦中天竺人，自言誦經論數萬章，爲天竺學者之
　　　　師。時蔡愔既至彼國，蘭與摩騰共契遊化，遂相隨而來。
　　　　會彼學徒留礙，蘭乃間行而至。既達雒陽，與騰同止，少
　　　　時便善漢言。〔註36〕

竺法蘭對中土佛教的最大貢獻在於譯經，尤其是《四十二章經》是現存最早的中國佛教經典：

　　　　愔於西域獲經，即爲翻譯，十地斷結、佛本生、法海藏、
　　　　佛本行、四十二章等五部。移都寇亂，四部失本，不傳江
　　　　左，唯四十二章經今見在，可二千餘言。漢地見存諸經，
　　　　唯此爲始也。〔註37〕

竺法蘭曾回答昔漢武帝開鑿昆明池時，在湖底挖到的黑灰由來，這回答不僅證驗東方朔的預言，必須找西域來的僧人才能回答此問題，但當時並未有佛法或僧人至中土，東方朔何以得知未來世？而竺法蘭的準確回答更證明東方朔所言爲眞，也因此竺法蘭被當時人所信服，佛法傳播也更進一步獲得推廣：

　　　　又昔漢武穿昆明池底得黑灰，以問東方朔，朔云：「不委，
　　　　可問西域人。」後法蘭既至，眾人追以問之，蘭云：「世
　　　　界終盡，劫火洞燒，此灰是也。」朔言有徵，信者甚眾。

　　　　〔註38〕

李白在〈陪族叔當塗宰遊化城寺升公清風亭〉中云：「留歡若可盡，劫石乃成灰。」借用竺法蘭回答昆明池下的黑灰緣由，是遙遠時間以前所留下，詩人截取時間久遠此意，來說明能與親人同遊化城寺是如

〔註36〕參見《大正藏・高僧傳》第五十冊，第 323 頁上。
〔註37〕參見《大正藏・高僧傳》第五十冊，第 323 頁上。
〔註38〕參見《大正藏・神僧傳》第五十冊，第 948 頁下。

此歡樂，這種歡樂是會延續到久遠以後的時間，這種譬喻正符合詩人浪漫的情懷；杜甫在〈海棕行〉中云：「移栽北辰不可得，時有西域胡僧識。」此詩雖是在歌詠海棕的超拔挺出，其實是在暗指詩人是俱備才德之人，但是身處在亂世，如同海棕雖然俊挺，卻被埋沒在雜木亂草中一樣，對照自己的處境，杜甫對此深深感嘆，在末句中提出或許應將海棕移出種在別地，或許能遇到有如竺法蘭一樣的大智慧高人，即問即答出那無人知曉的難題，詩人在此仍有企求、等待有識之士提拔的涵義。兩首詩均借用竺法蘭的事蹟，但二人側重點則相異，一首是時間、一首則指人之智慧。

七、窺基

《宋高僧傳》記載玄奘欲度窺基出家，雖父親同意但其大力抗拒，與玄奘立下三個條件他才肯：「不斷情欲、葷血、過中食也。」玄奘為引窺基出家，先以其俗欲暫且答應，打算將來再用佛法度之。後窺基至中原，隨身帶有三輛車子，前車是經論箱帙、中車是窺基自御、後車是家眷食物，路上遇文殊菩薩化身老人指點，窺基當下大悟：

> 奘曰：「此之器度，非將軍不生，非某不識。」父雖然諾，基亦強拒。激勉再三，拜以從命，奮然抗聲曰：「聽我三事，方誓出家，不斷情欲、葷血、過中食也。」奘先以欲勾牽，後今入佛智，佯而肯焉。行駕累載前之所欲。故關輔語曰三車和尚。……行至太原傳法，三車自隨，前乘經論箱帙、中乘自御、後乘家妓、女僕、食饌。於路間遇一老父，問乘何人？對曰：「家屬。」父曰：「知法甚精，攜家屬偕，恐不稱教。」基聞之，頓悔前非，倏然獨往，老父則文殊菩薩也。〔註39〕

杜甫在〈酬高使君相贈〉中云：「雙樹容聽法，三車肯載書。」〔註40〕

〔註39〕參見《大正藏・宋高僧傳》第五十冊，第725頁下。
〔註40〕參見仇兆鰲《杜詩詳注》，台北：里仁書局，1980年7月版，頁727。

三車原是《法華經》的重要思想，有研究者將此詩列入杜詩的經典思想，然而此「三車」指的是窺基的事蹟。詩人自言在寺中聽經，並無支遁或許詢般互通心靈之人，因己心尚未脫俗超塵，尚有三車相隨，俗事凡欲仍掛心頭。

八、湯休

　　根據《宋書》（卷七十一）的記載，湯休本是南朝出家僧人，僧名惠休，其人善屬文，甚有文采，孝武帝極為欣賞，遂命其還俗當官，後來官至揚州從事：

> 沙門惠休，善屬文，孝武帝命還俗，本姓湯，位至揚州從事。〔註41〕

杜甫引用湯休典故，分別在〈大雲寺贊公房四首〉：「湯休起我病，微笑索詩題。」及〈西枝村尋置草堂地夜宿贊公土室二首〉：「贊公湯休徒，好靜心跡素。」均提及湯休，杜甫詩中借湯休的善於文辭特色，比擬贊公的文采，讚揚贊公其文風如湯休般精采，甚至還誇張表示看了贊公的詩，能讓心力交疲的自己振作奮發，再次提筆創作最喜歡的詩歌；李白〈贈僧行融〉云：「梁有湯惠休，常從鮑照遊。」提及梁朝僧人湯惠休與鮑照是好友，常常一起出外遊歷各地。

九、誌公與白鶴道人

　　杜甫在〈題玄武禪師屋壁〉中云：「錫飛常近鶴，杯渡不驚鷗。」〔註42〕此二句除杯渡的典故外，尚有另一典故：《神僧傳・寶誌》（卷四）云：

> 舒州灊山最寄絕，而山麓尤勝。誌公與白鶴道人皆欲之，天監六年，二人俱白武帝，帝以二人皆具靈通，俾各以物識其地得者居之。道人云：「某以鶴止處為記。」誌云：「某

〔註41〕參見《景印文淵閣四庫全書》，臺北：商務印書館，1983 年版，第二五八冊，頁 333。

〔註42〕參見仇兆鰲《杜詩詳注》，台北：里仁書局，1980 年 7 月版，頁 929～930。

以卓錫處爲記。」已而鶴先飛去，至麓將止，忽聞空中錫
飛聲，誌公之錫遂卓於山麓，而鶴驚止他所。道人不懌，
然以前言不可食，遂各以所識築室焉。〔註43〕

舒州灊山是一座靈氣滿溢之山，尤其山麓的靈氣最盛，因此寶誌禪師
與白鶴道人都想在此建立道場，兩人均上書武帝表達心愿，武帝難以
抉擇，認爲兩人身上均習有神通，遂令兩人各以一樣物品爲標識，標
識若能先到山麓，則此人即可在此建道場，寶誌禪師以錫杖爲識、白
鶴道人以鶴爲識。二人一說完，鶴即高飛先離開，在要飛至山麓時，
忽聞高空有錫杖聲，寶誌禪師的錫杖竟先至山麓，而鶴受此驚訝則飛
往他處，雖然白鶴道人心有不悅，但還是接受結果至他地築建道室。
詩中這個典故並無寄託杜甫的特殊意涵，仇兆鰲認爲大概是壁畫上有
鶴，所以詩人採用無中生有之法，以佛教典故指稱山前之鶴。

十、白足和尚

李白的〈自梁園至敬亭山見會公，談陵陽山水兼期同遊，因有此
贈〉云：「何當移白足，早晚凌蒼山。」以及在〈登梅崗望金陵，贈
族姪高座寺僧中孚〉云：「吳風謝安屐，白足傲履韉。」均有提及白
足和尚，根據《高僧傳》記載，白足和尚是一位傳奇性的人物：

釋曇始，關中人。自出家以後，多有異跡。……義熙初，
復還關中，開導三輔。始足白於面，雖跣涉泥水，未嘗沾
涅，天下咸稱白足和上。時長安人王胡，其叔死數年，忽
見形還，將胡遍遊地獄，示諸果報。胡辭還。叔謂胡曰：「既
已知因果，但當奉事白足阿練。」胡遍訪眾僧，唯見始足
白於面，因而事之。〔註44〕

白足和尚自從出家後便展現其神異力量，其白足之名乃因和尚赤腳行
走，不論是多麼髒亂的泥水，其足都不會被染污而變黑；甚至有長安
人王胡已往生的叔叔竟再復人身，帶王胡遍覽地獄，使其明晰因果報

〔註43〕參見《大正藏‧神僧傳》第五十冊，第 970 頁中。
〔註44〕參見《大正藏‧高僧傳》第五十冊，第 392 頁中。

應的可怕，最後再交侍王胡需侍奉白足和尚。除此之外，曇始尚有刀槍不入的能力：

> 晉末朔方凶奴赫連勃勃破擭關中，斬戮無數。時始亦遇害，而刀不能傷，勃勃嗟之，普赦沙門，悉皆不殺。始於是潛遁山澤，修頭陀之行。〔註45〕

曇始在晉末時被匈奴所捉，匈奴欲以刀槍誅殛，但均無法砍傷，匈奴深感佛法殊勝，只好放他離開，連帶被捕的眾沙門亦一同釋放。曇始尚有預知能力，他在北魏武帝拓跋燾滅佛時，逃入深山以免劫，但在北魏武帝末年時，曇始得知武帝壽命即終，遂出山至拓跋燾宮門處顯現神通，不僅士兵刀槍無法砍傷他，就連放虎欲食曇始，老虎看見曇始反而害怕起來，此時拓跋燾才知佛法之深，曇始則為其說法，期許他能痛改前非。後來曇始的下落就不明了：

> 始唯閉絕幽深，軍兵所不能至。至太平之末，始知燾化時將及，以元會之日，忽杖錫到宮門。有司奏云：「有一道人足白於面，從門而入。」燾令依軍法，屢斬不傷。遽以白燾，燾大怒，自以所佩劍斫之，體無餘異，唯劍所著處有痕如布線焉。時北園養虎于檻，燾令以始餧之。虎皆潛伏，終不敢近。……始後不知所終。〔註46〕

李白在〈登梅崗望金陵，贈族姪高座寺僧中孚〉中以白足和尚的神異事蹟用以讚揚僧人中孚的修行，不僅是佛門中的出類拔粹者，更可與曇始平起平坐，絲毫也不遜色；在〈自梁園至敬亭山見會公，談陵陽山水兼期同遊，因有此贈〉中以白足的身在染污之中卻無染的示現，期待一個能讓人脫落凡塵的旅程，此旅程即是詩中的蒼山。

十一、竺法潛

根據《高僧傳》的記載，竺法潛是個德行高尚的修行者，渡江至東晉後，受到朝野上下的禮重，他每次到宮中講法，腳穿木屐上殿，

〔註45〕參見《大正藏・高僧傳》第五十冊，第 392 頁中。
〔註46〕參見《大正藏・高僧傳》第五十冊，第 392 頁中～392 頁下。

樸實之風顯露無遺，後隱居山林宣講佛法三十餘年，至晉哀帝時禁不住詔書急摧，竺法潛又再次入宮爲朝野上下講經：

> 晉永嘉初，避亂過江。中宗元皇，及蕭祖明帝、丞相王茂弘、大尉庾元規，並欽其風德，友而敬焉。建武太寧中，潛恒著屐至殿內，時人咸謂方外之士，以德重故也。中宗、蕭祖昇遐，王庾又薨，乃隱跡剡山，以避當世，追蹤問道者，已復結旅山門。潛優游講席三十餘載，或暢方等，或釋老莊。投身北面者，莫不內外兼洽。至哀帝好重佛法，頻遣兩使慇懃徵請，潛以詔旨之重，暫遊宮闕，即於御筵開講大品，上及朝士並稱善焉。〔註47〕

然而宮殿生活並非竺法潛的意願，後來上書欲返山林，其後便在仰山悠遊自在。支遁曾派人予竺法潛，希望能買下仰山旁的小山嶺，想做爲幽居之處，竺法潛回使者云：「想要就給你，誰聽過巢父、許由買山而隱居呢？」此話受支遁欣賞不已，讚賞其德行高雅而純白：

> 潛雖復從運東西，而素懷不樂，乃啓還剡之仰山，遂其先志，於是逍遙林阜，以畢餘年。支遁遣使求買仰山之側沃洲小嶺，欲爲幽棲之處，潛答云：「欲來輒給，豈聞巢、由買山而隱遁？」後與高麗道人書云：「上座竺法深……頃以道業靖濟，不耐塵俗，考室山澤，修德就閒。今在剡縣之仰山，率合同遊，論道說義，高栖皓然，遐邇有詠。」
>
> 〔註48〕

李白在〈北山獨酌寄韋六〉云：「巢父將許由，未聞買山隱。」即引用竺法潛的典故，詩人認爲隱居何以要買山，自古即有「大隱隱於市，小隱隱於野」的說法，只要自己對道的修持堅定，嚴守戒律，無論在何處均可以修行，無需執著山林方可修行的想法，筆者以爲這是詩人的自勉之詞，詩人有志於學道，但對儒家功名又有大志，兩相衝突之中得出此解；孟浩然在〈宿立公房〉中云：「支遁初求道，深公笑買

〔註47〕參見《大正藏·高僧傳》第五十冊，第347頁下。
〔註48〕參見《大正藏·高僧傳》第五十冊，第348頁上。

山。」其意與李白詩接近，隱居不一定非要在山林不可，只要本心超然脫俗，處處即山林。

十二、慧可

　　根據《景德傳燈錄》（卷三）的記載，慧可是達摩的嫡傳弟子，達摩並將衣缽傳付給慧可，是爲禪宗第二十九祖、東方第二祖。慧可最爲後人所感佩的是其求法精神，嘗在雪地中站了一夜，只爲求得達摩救渡眾生之法，達摩只淡然要慧可拿出大智慧、大作爲與大毅力，因爲自古以來，無上妙法均是修行者歷經千辛萬苦才能獲得，雖佇在雪中一夜誠心十足，但與古者相較仍是天地之遙，慧可心中已契印祖師之言，便斷臂以示決心，後達摩受其感動而傳法予慧可：

> 時有僧神光者，曠達之士也。……近聞達磨大士住止少林，至人不遙，乃往彼，晨夕參承。師常端坐面牆。莫聞誨勵。光自惟曰：「昔人求道，敲骨取髓，刺血濟饑，布髮掩泥，投崖飼虎，古尚若此，我又何人？」其年十二月九日夜，天大雨雪，光堅立不動，遲明，積雪過膝。師憫而問曰：「汝久立雪中，當求何事？」光悲淚曰：「惟願和尚慈悲，開甘露門，廣度群品。」師曰：「諸佛無上妙道，曠劫精勤，難行能行，非忍而忍。豈以小德小智，輕心慢心，欲冀眞乘！徒勞勤苦。」光聞師誨勵，潛取利刀，自斷左臂，置于師前。師知是法器，乃曰：「諸佛最初求道，爲法忘形。汝今斷臂吾前，求亦可在。」師遂因與易名曰慧可。〔註49〕

慧可在出家之初，便四方講授佛法，全方位學習佛教經典，大、小二乘精通，直至三十二歲，重返香山、終日禪坐。四十歲時，禪坐中聽聞神人指點要他南下傳法，隔日忽頭痛欲裂，其師正要著手醫治，慧可再聞神人指點此乃脫胎換骨的過程，後來師父再觀看其頭骨，竟呈五峰秀出之狀，其師即云這是神人的印證，你應南下少林寺，拜達摩爲導師：

〔註49〕參見《大正藏・景德傳燈錄》第五十一冊，第219頁中。

於永穆寺。浮游講肆,遍學大、小乘義。年三十二,卻返
香山,終日宴坐。又經八載,於寂默中倏見一神人謂曰:「將
欲受果,何滯此耶?大道匪遙,汝其南矣。」光知神助,
因改名神光。翌日,覺頭痛如刺,其師欲治之。空中有聲
曰:「此乃換骨,非常痛也。」光遂以見神事白於師,師視
其頂骨,即如五峰秀出矣,乃曰:「汝相吉祥,當有所證。
神令汝南者,斯則少林達磨大士必汝之師也。」〔註50〕

李白在〈登巴陵開元寺西閣,贈衡岳僧方外〉中云:「衡岳有開士,
五峰秀眞骨。」即引用慧可的典故,李白在詩中稱讚衡山某位僧人的
外相,猶如當年慧可脫胎換骨後的法相,其頭骨呈五峰秀出的奇相,
是修行精深的印證,在此詩的最後,李白更是展顯仰慕僧人的情懷,
期待僧人對自己能有所開示。

十三、竺僧朗

　　根據《高僧傳》的記載,竺僧朗亦是身負異能之人,尤其未卜先
知的能力最爲人稱道,竺僧朗修行嚴謹,淡泊名世,一心只想求無上
法、渡眾生苦,在泰山修行時,與隱士張忠結爲投契之友,是爲林下
之契:

少而遊方,問道長,還關中,專當講說。嘗與數人同共赴
請,行至中途,忽告同輩曰:「君等寺中衣物,似有竊者。」
如言即反,果有盜焉,由其相語,故得無失。朗常蔬食布
衣,志耽人外。以僞秦符健皇始元年移卜泰山,與隱士張
忠爲林下之契,每共遊處。〔註51〕

竺僧朗的德行傳至苻堅耳裡,曾邀請他前往都城說法,亦因竺僧朗
之德受苻堅肯定,因此在整肅僧侶時,其所居住的崑崙山一帶不在
整肅之列;姚興與慕容德亦對竺僧朗讚譽有加;而其所居之地常有
虎患擾害居民,自從竺僧朗定居後,虎輩均降伏,當地民眾爲感念
其德,便將此地尊稱爲朗公谷;竺僧朗未卜先知的能力亦在此地展

〔註50〕 參見《大正藏·景德傳燈錄》第五十一冊,第 220 頁下。
〔註51〕 參見《大正藏·高僧傳》第五十冊,第 354 頁中。

露，每天均預言來訪僧眾，沒有一次差誤，此神異力量更讓僧俗敬仰不已：

> 秦主苻堅欽其德素，遣使徵請。朗同辭老疾乃止。……及後秦姚興，亦佳歡重。燕主慕容德欽朗名行，假號東齊王，給以二縣租稅，朗讓王而取租稅爲興福業。晉孝武致書遺，魏主拓跋珪亦送書致物，其爲時人所敬如此。此谷中舊多虎災，常執仗結群而行，及朗居之，猛獸歸伏，晨行夜往，道俗無滯，百姓咨嗟，稱善無極，故奉高人至今猶呼金輿谷爲朗公谷也。凡有來詣朗者，人數多少，未至一日，輒以逆知。使弟子爲具飲食，必如言果至，莫不歎其有預見之明矣。〔註52〕

孟浩然在〈還山詒湛法師〉中云：「喜得林下契，共推席上珍。」即用此典故，誠如在「晚塗歸舊壑，偶與支公鄰」所言，詩人希望自己是個能與湛法師心靈相契之人，而在此句則借用竺僧朗與隱士張忠結爲投契之友的典故，進一步盼望能與湛法師結爲林下之契，共遊於山林之間，同享逸野之趣。

十四、魔考

根據《大唐西域記》的記載，世尊在即將成就無上菩提之前，魔王派出許多魔子魔孫要干擾世尊的定力，如派魔女化成天女，欲藉美色引誘其動心；或派魔子化成恐怖大王，欲使其驚嚇而放棄修行；或派魔孫化成雷神、雨伯，欲藉落電、狂風豪雨亂其禪定。然而這些行動均被世尊一一化解，並無法壞其精進心：

> 菩提樹垣東門側有窣堵波，魔王怖菩薩之處，初魔王知菩薩將成正覺也，誘亂不遂，憂惶無賴，集諸神眾，齊整魔軍，治兵振旅，將脅菩薩，於是風雨飄注、雷電晦冥，縱火飛煙，揚沙激石，備矛楯之具，極弦矢之用，菩薩於是入大慈定，凡厥兵杖變爲蓮華，魔軍怖駭奔馳退散。〔註53〕

〔註52〕參見《大正藏・高僧傳》第五十冊，第 354 頁中。
〔註53〕參見《大正藏・大唐西域記》第五十一冊，第 918 頁中～918 頁下。

高適在〈同馬太守聽九思法師講金剛經〉中云：「心持佛印久，摽割魔軍退。」即引用此典故，詩人稱讚九思法師對佛法的精修高深，任何外界的誘惑均無法撼動他的佛心，即便魔王率領魔子魔孫要干擾其修行，恐怕都要如當年世尊成道前的考驗一樣，均是徒勞無功。

十五、雁塔

根據《大唐西域記》的記載，曾有一群修小乘法的比丘正在經行，天空有一群雁子飛過，此時有一位僧侶心中生起貪欲，戲言中午並非吃飽，若能得三淨肉食之就可滿足，僧人話語未完，忽有一雁感應此僧心念，即刻離開隊伍，飛到此僧面前撞地而亡，意欲捨身供養比丘。眾比丘見此景狀，內心同感悲憫，頓時從小乘法解脫進入大乘法，斷絕小乘允許三淨肉的方便法；眾比丘有感於此雁的捨身垂戒，故為其建塔記念、警惕，是為雁塔：

> 有比丘經行。忽見群雁飛翔，戲言曰：「今日眾僧，中食不充，摩訶薩埵宜知是時。」言聲未絕，一雁退飛，當其僧前，投身自殞。比丘見已，具白眾僧，聞者悲感，咸相謂曰：「如來設法，導誘隨機。我等守愚，遵行漸教，大乘者正理也，宜改先執，務從聖旨，此雁垂誡，誠為明導，宜旌厚德，傳記終古。」於是建窣堵波式昭遺烈，以彼死雁瘞其下焉。〔註54〕

綦毋潛在〈祇園寺〉中云：「雁塔酬前愿，王身更後來。」雁塔即是佛塔，詩人遊覽祇園寺時，看見佛塔而心有感觸，在塔前焚香祭拜，筆者認為詩人在感謝菩薩保祐，讓他完成了志愿，也可能是在祈求菩薩，讓自己能頓悟這世間執著，如典故中的眾比丘見雁死而省悟般，早日得其超脫。

十六、白馬寺

根據《洛陽伽藍記・白馬寺》的記載，「白馬寺」是中土最早的佛

〔註54〕參見《大正藏・大唐西域記》第五十一冊，第 925 頁中。

寺名，傳聞漢明帝曾夢見一尊全身會發光的的神祇，醒來後才知是西域的佛，於是派人前往西域尋找佛像，後來使者果真求得佛像而歸，歸來時佛像由白馬負載，因此，在建寺侍奉佛像後，便以白馬為寺名：

> 白馬寺。漢明帝所立也，佛入中國之始寺，在西陽門外三
> 里御道南。帝夢金神，長大六，項背日月光明，金神號曰
> 佛。遣使向西域求之，乃得經像焉，時白馬負而來，因以
> 為名。明帝崩，起祇洹於陵上，自此從後，百姓塚上，或
> 作浮圖焉。〔註55〕

張繼在〈宿白馬寺〉中云：「白馬馱經事已空，斷碑殘剎見遺蹤。」這是詩人在夜宿白馬寺的心情寫照，想當年的白馬寺是如何的繁榮，多少人都曾在此參拜過，歷朝都是佛教的重要標誌，然而如今能窺得當年盛況的證據，也惟有散落各處的破舊石碑與建築物才能得見。這是詩人內心的感慨，悲嘆繁華難久存，也思念著過往的種種，詩中愁緒滿懷。

十七、明主親夢見

　　岑參在〈登千福寺楚金禪師法華院多寶塔〉中云：「明主親夢見，世人今始知。」根據廖立的《岑嘉州詩箋注》所言，此句話與多寶塔的的傳奇有關：

> 有禪師法號楚金，姓程，廣平人也。……因靜夜持誦，至
> 《多寶塔品》，身心泊然，如入禪定，忽見寶塔，宛在目前，
> 釋迦分身，遍滿空界，行勤聖現，業淨感深，悲生悟中，
> 淚下如雨，遂布衣一食，不出戶庭，期滿六年，誓建茲
> 塔。……至天寶元載，創構材木，肇安相輪。禪師理會佛
> 心，感通帝夢。七月十三日，勅內侍趙思侃求諸寶坊，驗
> 以所夢，入寺見塔，禮問禪師，聖夢有孚，法名惟肖。其
> 日賜錢五十萬、絹千匹，助建修也。〔註56〕

〔註55〕參見《大正藏·洛陽伽藍記》第五十一冊，第1014頁中～1014頁下。
〔註56〕參見《續修四庫全書·全唐文》，上海：上海古籍，1995年版，第一六四〇冊，頁247。

> 釋楚金，程氏之子，本廣平郡，今爲京兆之盩厔人也，
> 母高氏，夜夢諸佛，因而妊焉，生實法王之子也。行素
> 顏玉，神和氣清，七歲諷法華，十八通其義，三十構塔
> 曰多寶，四十入帝夢於九重，玄宗睹法名下見金字，詰
> 朝使問固不有孚，于時聲騰京輦，遂慕人構塔，累級而
> 成。〔註57〕

楚金禪師在誦念《法華經・寶塔品》時，忽感寶塔浮現於眼前，感應世尊化身遍滿整個虛空界，禪師當下有所感悟、契應，即時淚如雨下，有感己身業深障重，遂閉關苦修，六年後出關立願建塔。因楚金禪師之志願感動天人，於是促使玄宗在夢中感應此事，夢醒即派人尋找以驗此事眞虛，果眞印證楚金禪師正在集資建塔，於是玄宗便賜錢五十萬、絹千匹以助興建寶塔。岑參在詩中讚揚了楚金禪師的心志堅定，不僅天人肯定，連玄宗都在夢中得聞此事，多寶塔的興建完成與募款的順利，均肇因於楚金禪師對佛法的肯定與自身的願力，詩人對禪師的修行可謂推崇備至。

十八、萬迴

根據《神僧傳》與《宋高僧傳》的記載，萬迴自小愚魯、無言，常被鄰里兒童所欺，但其絲毫未有競爭之意；見到富人不卑躬曲膝、遇見貧賤之人也不生鄙心；而其最爲人所傳誦的事蹟是曾在一日之間來去萬里：

> 年尚弱齡，白癡不語。父母哀其濁氣，爲鄰里兒童所侮，
> 終無相競之態。然口自呼萬迴，因爾字焉，且不言寒暑，
> 見貧賤不加其慢，富貴不足其恭，東西狂走，終日不
> 息。……不好華侈，尤少言語，言必讖記，事過乃知，
> 年始十歲，兄戍遼陽，一云安西久無消息，母憂之甚，
> 乃爲設齋祈福。迴倏白母曰：「兄安極易知耳！奚用憂
> 爲。」因裹齋餘，出門徑去，際晚而歸，執其兄書云：「平

〔註57〕參見《大正藏・宋高僧傳》第五十冊，第864頁下。

善。」問其所由，默而無對。去來萬里，後時兄歸云：「此
日與迴言適從家來，因授餅餌其啗而返。」舉家驚喜，
自爾人皆改觀。〔註58〕

萬迴的哥哥在遼陽戍守，父母親早晚擔心，時常去廟裡設齋祈福，有
天萬迴告訴母親要知道哥哥的情況，他可以得知，於是帶著齋食離
家，到了晚上，萬迴就回家，手上還帶著哥哥的家書，眾人大驚，因
為家鄉到遼陽約有萬里之遙，萬迴何以能一日來回，想再細問，萬迴
並沒有任何說明，自此而後，其名遠揚，神異事蹟不斷，甚至有菩薩
的尊稱。王昌齡在〈香積寺禮拜萬迴平等二聖僧塔〉中云：「萬迴至
北方，平等性無違。今我一禮心，億劫同不移。」即用此典故，詩人
遊歷香積寺，見到萬迴與平等兩位僧人的塔座，虔誠加以禮拜，詩中
對僧人的傳奇事蹟加以回顧，一面是讚揚其德行，另一面也是景仰其
德，詩人又云其對僧人的禮拜、敬仰之心，即便經過萬劫的時間亦無
改變。

十九、釋僧範

　　根據《續高僧傳》的記載，釋僧範無論在講經說法或是修行上均
十分嚴謹，以致常有許多祥瑞的符徵顯現，如其講說《華嚴經》時，
即有大雁飛至講座下伏地說法，其後又有雀鳥、鶍鳥飛來聆聽僧範講
經，這種種異相都是僧範之德行連動物界亦有所感通，不僅如此，曾
有一僧毀謗僧範，當晚即受天神責罰，此事傳開，對僧範敬畏的人更
多：

而言行相輔，祥徵屢降。嘗有膠州刺史杜弼，於鄴顯義寺
請範冬講，至華嚴六地，忽有一雁飛下，從浮圖東順行入
堂，正對高座，伏地聽法，講散，徐出還順塔西爾乃翔遊；
又於此寺夏講，雀來在座西南伏聽，終於九旬；又曾處濟
州，亦有一鶍，飛來入聽，訖講便去，斯諸祥感眾矣。自
非道洽冥符，何能致此？嘗講花嚴，輒有一僧加毀云：「是

〔註58〕參見《大正藏・宋高僧傳》第五十冊，第823頁下～824頁上。

> 乃伽斗，竟何所解。」當夜有神加打，死而復蘇，其見聞
> 者，皆深敬異。〔註59〕

王維在〈投道一師蘭若宿〉中云：「鳥來還語法，客去更安禪。」即
化用僧範的典故，意在讚揚道一禪師的講經說法已如釋僧範般，連飛
鳥也會來聽法，這是與天地萬物相契合的印證，道一已達至物我一如
的境界，即便如此，道一之心不起波瀾，仍在不斷地修煉禪定之功，
王維對此推崇不已，詩末還提出「服事將窮年」的意向，想要永久地
侍奉道一禪師。

二十、釋曇邕

　　根據《高僧傳》的記載，釋曇邕本為道安的弟子，道安死後，再
至廬山師事慧遠，他對慧遠的指示絕對遵從，曾奉命傳信給鳩摩羅
什，這一來一往之間花費十多年，釋曇邕堅定完成使命，後來他奉命
另建道場，與弟子曇果等在廬山另側建立道場，雖離開慧遠，但仍精
進修行：

> 因從安公出家。安公既往，乃南投廬山，事遠公為師。
> 內外經書，多所綜涉，志尚弘法，不憚疲苦。後為遠入
> 關，致書羅什，凡為使命，十有餘年，鼓擊風流，搖動
> 峰岫，強捍果敢，專對不辱。京師道場僧鑒，挹其德解，
> 請還揚州，邕以遠年高，遂不果行。然遠神足高扰者，
> 其類不少，恐後不相推謝，因以小緣託擯邕出。邕奉命
> 出山，容無怨忤，乃於山之西南營立茅宇，與弟子曇果
> 澄思禪門。〔註60〕

釋曇邕的弟子，有天夢見山神前來請求受五戒，曇果即請祂找曇邕，
不久曇邕果真遇見一位風姿俊逸的人，並帶二十多位隨從前來請求受
五戒，曇邕心知應是曇果所言的山神，遂為眾講述佛法並加以授戒，
眾人受戒後還以禮物酬謝：

〔註59〕參見《大正藏·續高僧傳》第五十冊，第 483 頁下。
〔註60〕參見《大正藏·高僧傳》第五十冊，第 362 頁下。

嘗於一時，果夢見山神求受五戒，果曰：「家師在此，可往
諮受。」後少時，邕見一人著單衣帽，風姿端雅，從者二
十許人，請受五戒。邕以果先夢，知是山神，乃爲說法授
戒。神嚫以外國七筋，禮拜辭別，儵忽不見。〔註61〕

王維在〈燕子龕禪師詠〉中云：「時許山神請，偶逢洞仙博。」即
化用此典故，詩中歌詠燕子龕禪師的功績，爲當時川陝道路的開闢
有重大的貢獻，禪師之所以能歷經千辛萬苦開鑿山路，乃因其平常
佛法修煉的結晶，禪師不僅苦修更是實修，其內心有如禪定般不起
波瀾，心常懷慈悲救苦之心，其德行如釋曇邕般感動山神，遂祈請
禪師能爲其開示佛法與受五戒，在此則爲王維對禪師修行精進的讚
揚。

二十一、小結

　　盛唐詩人運用這些中土典故，顯現他們對佛教人物的深入研究，
詩中所引用的這些佛徒，少數如慧遠、支遁等當時有名望者外，其餘
都是傳說中有神通力的僧人，他們透過神通的展露使眾人相信佛教，
後來因爲這些玄妙的法術使這些僧人廣爲人知，有名者如達摩的面壁
三年、神光爲法忘軀而斷臂等等，文人將其記載於詩句，傳揚其不可
思議。

第二節　西域典故

　　盛唐詩中寓有不少佛經典故，有佛陀成道前的累世修行，有佛陀
當世的修行事跡，有佛典中的動物或故事，有佛教人物的傳說等等，
其中又與佛陀相關的典故居多，這些內容都不是發生在中土而在西
域，是故，筆者將此些內容歸納在此敘述，吾人亦可從內容中，看出
盛唐詩人對佛典的熟悉度，以下分節敘述之。

〔註61〕參見《大正藏・高僧傳》第五十冊，第 362 頁下～363 頁上。

一、祇園、孤獨園、金園、給園

　　無論是《經律異相》或《釋迦氏譜》等佛典均有記載孤獨園的故事。在舍衛國有一位名叫須達多的長者，時常佈施予貧窮之人財物，故有給孤獨長者的尊稱，他原本不信佛教，在某因緣之下聽了護彌長老的佛法而當下皈依，並極力請求世尊能至舍衛國講說佛法以渡眾人，但舍衛國並無精舍可供世尊等人講法，於是給孤獨長者即刻發願欲建精舍，他看上太子祇陀的園林最爲平坦、林木茂鬱，相當適合建立精舍，於是便與太子商量要買地建立精舍，太子原本不願意，但禁不住給孤獨長者的再三請託，故想虛應一番，戲言若能將地用黃金鋪滿即用此些黃金爲價，沒想到給孤獨長者依約眞的用金葉鋪滿園地，祇陀深受感動，自己也捐出地上的林木，並與給孤獨長者一同建立精舍。因此一典故廣爲人知，所以僧俗引用甚多，每人對此典故的側重點不同、賦予的名稱有異，故此典故名稱眾多，有祇園、孤獨園、金園、給園等等：

> 須達多白佛言：「舍衛城中，人多信邪，如來大慈，唯願顧臨到舍衛城。」佛言：「彼無精舍，云何得去。」須達言：「弟子營起願見聽許。」世尊默然。願遣舍利弗，指授摸則，即命共往，案行周遍，無可意處，唯太子祇陀園，其地平正，林樹鬱茂，遠近得中。須達以白太子，太子笑言，欲用遊戲，懇懃再三，太子言「若能以黃金布地，令間無空者，便當相與。」須達曰：「諾謹隨其價。」太子祇陀言：「我戲語耳。」須達言：「太子不應妄語，即共興訟。」時首陀會天化作一人，下爲評詳言：「夫太子法不應妄語，價既已決，不宜中悔，遂斷與之。」便使人象負金出，八十頃中，須臾欲滿。〔註62〕

> 舍衛大臣名須達多，財寶無限，拯濟貧乏，故號爲給孤獨。七男異才欲娉小者，自往王舍，初聞佛名，心大歡喜，後見佛得初果，請佛還園，先營精舍，共舍利弗，買太子祇

〔註62〕參見《大正藏·經律異相》第五十三冊，第 11 頁中。

陀園，以金布地，遍八十頃地，園樹及門太子作之。時有
外道三億萬人，共舍利較術，諍取金園，大眾通集十八億
人，舍利弗現通說法，各得道跡，六師弟子三億人出家從
道，共須達引繩起基。六天空現爲佛作化栴檀窟，別房住
止千二百處，百二十處別打揵槌，寺成白王請佛，俱來受
施，二人共作故寺立二名。〔註63〕

盛唐詩人在詩中提及孤獨園者有八人、十四首詩。孟浩然佔三首詩，
分別爲〈春晚題永上人南亭〉云：「給園支遁隱，虛寂養身和。」、〈題
融公蘭若〉云：「精舍買金開，流泉繞砌回。」、〈本闍黎新亭作〉云：
「八解禪林秀，三明給苑才。」首詩是孟浩然在稱讚遠上人的德行如
支遁般高遠，其講經說法處如同佛陀在舍衛城的弘法處，永上人說法
之妙，重現佛陀當年給園說法時的勝況，不僅天人護法、更有人天百
萬聆聽；次首則是作者借給孤獨園長者布金買地建精舍的典故，指此
蘭若是融公講經說法的地方；末詩則是在稱讚「本闍黎」的德行高遠，
能深得八解脫的意涵，是僧院中的傑出者，其修行已臻至宿命明、天
眼明與漏盡明的境界，是佛教的人才，詩中的「給苑」即是給孤獨園
的另稱，在此指佛教。

杜甫在五首詩中提到孤獨園的典故：

我住錦官城，兄居祇樹園。（頁767）	〈贈蜀僧閭丘師兄〉
長者自布金，禪龕只宴如。（頁950）	〈謁文公上方〉
傳燈無白日，布地有黃金。（頁990）	〈望牛頭寺〉
時應清盥罷，隨喜給孤園。（頁993）	〈望兜率寺〉
淹泊仍愁虎，深居賴獨園。（頁1226）	〈題忠州龍興寺所居院壁〉

首詩記敘詩人與閭丘僧的相逢，因兩家曾是世交，但經歲月的流轉，
今日的人事已非，如今相逢於此，你已出家終日在寺院禪修，而我仍
在這俗世紅塵打轉，深陷名利牢寵中，杜甫詩中諸多感慨，詩中的祇
樹園即給孤獨園，代指佛寺；第二首詩則是在稱讚文公的修行，仇兆
鰲說：「施金者至，而禪心不動，外忘物也。」當信眾佈施財物時，

〔註63〕參見《大正藏・釋迦氏譜》第五十冊，第96頁下～97頁上。

其心未曾有所動念，眾生財還歸於眾生，僧侶或寺院僅是財物的過渡者，財物最後仍是施於救渡眾生出離苦海，在此的「長者自布金」即用此典故表佈施；第三首詩是詩人遊賞牛頭寺的心情觸動，佛寺中的長明燈一直點亮著，如同世代傳承的禪宗法脈，一代傳一代，縱然心法無法在大庭廣眾之下傳授，然而詩人認為身處佛境之中，對心法的領悟，或許可窺一二，所以接著才又說「休作狂歌老，迴看不住心」，想讓自己的心空虛以悟之，在此的「布地有黃金」代指佛寺；第四首是詩人進入寺中洗盥，並參謁佛、菩薩以及順道遊覽寺中勝景，在此的「給孤園」代指佛寺；最後一首是詩人在忠州寓居龍興寺時所作，前句的「淹泊仍愁虎」是詩人的惶恐，因居住地接近山脈，擔心猛獸來襲，次句的「深居賴獨園」即以「獨園」的典故代指佛寺，筆者以為杜甫在此用獨園而不用祇樹園，有深化寓居此地的孤獨感，前有猛獸之危、後有淒涼之慨，令人讀之備感滄桑。

李白在〈安州般若寺水閣納涼，喜遇薛員外乂〉中云：「脩然金園賞，遠近含晴光。」詩人藉給孤獨長者以金鋪地的典故，代指般若寺中的園林，二句則是形容園林之美。李頎在〈題璇公山池〉中云：「遠公遁跡廬山岑，開士幽居祇樹林。」在此的祇樹林即指佛寺。詩人將璇禪師比擬為慧遠，稱讚其德行如慧遠般不染塵俗，無論外在的威脅或利誘多麼強烈，都固守不離廬山深林的修行，慧遠有不越虎溪之律，璇禪師不論身在何方，其心不離佛寺戒矩。孫逖在〈酬萬八賀九雲門下歸溪中作〉中云：「獨園餘興在，孤棹宿心違。」此詩之獨園即是給孤獨園，意指佛寺。詩人在詩中闡明遊覽佛寺時的那份興味至今仍存，本想再待久一點的時間，繼續沉浸在佛法氛圍中，但卻受迫於時間的無法配合，只能逆著自己的心志，划著槳孤獨離開。

王縉在〈游悟真寺〉中云：「聞道黃金地，仍開白玉田。」此黃金地即指給孤獨長者以金鋪地的典故，借指佛寺。詩人在游賞悟真寺時心有所感，佛寺是使人得聞解脫之法的地方，更是蘊育僧俗二眾成就謙謙君子的苗圃，從此句可知王縉對佛教的肯定。綦毋潛在〈登天

竺寺〉中云：「佛身瞻紺髮，寶地踐黃金。」此為詩人在遊覽佛寺時的描述，此寺的佛相莊嚴，佛寺建構亦如給孤獨長者建精舍般用心甚深，才能讓人在觀覽時，湧出一股如佛陀在給孤獨園講法時的佛光普照。張謂在〈長沙失火後戲題蓮花寺〉中云：「金園寶剎半長沙，燒劫旁延一萬家。樓殿縱隨煙焰去，火中何處出蓮花。」此詩的金園與寶剎都是指佛寺，意指半個長沙市的佛寺、佛殿，均被大火燒盡，漫延一萬多家民宅，筆者以為詩人在此用金園表佛寺，內容在戲諷怎麼連佛寺亦會被燒毀，難道是佛殿在大火中即將浴火重生的過程？

二、雙林、雙樹

根據《大般涅槃經》的記載，釋迦牟尼在娑羅雙樹下進入涅槃：

> 一時佛在拘尸那國力士生地阿利羅跋提河邊娑羅雙樹間。爾時世尊，與大比丘八十億百千人俱，前後圍遶。二月十五日臨涅槃時，以佛神力出大音聲，其聲遍滿乃至有頂，隨其類音普告眾生，今日如來應正遍知，憐愍眾生覆護眾生，等視眾生如羅睺羅。為作歸依屋舍室宅，大覺世尊將欲涅槃，一切眾生若有所疑，今悉可問，為最後問。爾時世尊，於晨朝時從其面門放種種光，其明雜色，青黃赤白頗梨馬瑙光，遍照此三千大千佛之世界，乃至十方亦復如是。其中所有六趣眾生遇斯光者，罪垢煩惱一切消除，是諸眾生見聞是已，心大憂愁，同時舉聲悲啼號哭，嗚呼慈父，痛哉苦哉，舉手拍頭搥胸叫喚。其中或有身體戰慄涕泣哽咽，爾時大地諸山大海，皆悉震動。時諸眾生共相謂言，且各裁抑莫大愁苦，當疾往詣拘尸那城力士生處，至如來所頭面禮敬，勸請如來莫般涅槃，住世一劫若減一劫，互相執手復作是言。世間空虛眾生福盡，不善諸業增長出世，仁等，今當速往速往，如來不久必入涅槃。復作是言，世間空虛，世間空虛，我等從今無有救護無所宗仰，貧窮孤露，一旦遠離無上世尊，設有疑惑當復問誰？〔註64〕

────────────

〔註64〕參見《大正藏》第十二冊，第 365 頁下。

除此之外,《大悲經》、《經律異相》等佛典均有相關記載,如《經律異相》中的〈摩耶五衰相〉就記載當佛陀被安葬後,阿那律上昇忉利天告知摩耶夫人,夫人和諸眷屬下凡來至雙樹下悲悼:

> 時阿那律殯佛既畢,昇忉利天,偈告摩耶,摩耶氣絕良久,
> 與諸眷屬下雙樹間,見僧伽梨及缽錫,執之號慟。〔註65〕

又如《洛陽伽藍記》中所記,在〈法雲寺〉中曾見一幅世尊在雙林樹下涅槃的繪畫,楊銜之云:

> 摹寫真容,似丈六之見鹿苑,神光壯麗,若金剛之在雙林。
> 〔註66〕

世尊在雙林樹下涅槃的典故,在傳入中土後產生衍生,「雙林」一詞已有世尊、佛法、佛寺的代稱,如《高僧傳·譯經論》:

> 至若龍樹、馬鳴、婆藪盤豆,別於方等深經,領括樞要,
> 源發般若,流貫雙林。〔註67〕

其義為龍樹、馬鳴等高僧從佛典中再造經論,他們的能力來自於能以般若領悟佛典的奧義,透徹佛陀教法的精髓。此「雙林」已是世尊、佛法的代稱,盛唐詩人因熟讀佛典亦在詩中提到「雙林」,據筆者統計共七人、八首詩論及。岑參有兩首詩提到「雙林」,第一首是〈出關經華岳寺訪法華雲公〉云:「欲去戀雙樹,何由窮一乘。」詩人對雲公與法華寺仰慕已久,在詩中表白「久願尋此山,至今嗟未能」的遺憾,早就想來訪道問法,今日終得遂所欲,然而朝廷規定期限需到達任所,以致於想在此多接觸佛法、多眷戀佛寺長一點、多禮拜佛陀久一點的願望都無法實況,因此,詩人在此或是自問,也或許是在請示雲公如何才能修至一乘法、搭上大白牛車,前往淨土世界呢?第二首是〈雪後與群公過慈恩寺〉云:「雪融雙樹濕,紗閉一燈燒。」下雪過後,詩人與眾友朋至慈恩寺參拜,詩中描述寺中的雪正在融化,整個佛寺都呈顯出一片濕漉的景況,岑參見此景而心中有所領悟,雖

〔註65〕參見《大正藏·經律異相》第五十三冊,第 19 頁中。
〔註66〕參見《大正藏·洛陽伽藍記》第五十一冊,第 1015 頁上。
〔註67〕參見《大正藏·高僧傳》第五十冊,第 345 頁中。

然佛陀涅槃成道已久，吾人已無緣再至佛陀紗帳下聆聽佛言，但佛陀所傳之無上妙法實已代代相傳，並以其法語繼續救渡眾生。

　　慕毋潛〈題棲霞寺〉中云：「萬壑奔道場，群峰向雙樹。」詩人在描述棲霞寺週遭的景致，其實在述其殊勝處，詩中言「龍蛇爭龕習，神鬼皆密護」即指山中生靈爭先在佛殿修習，整座佛寺皆有神鬼庇護，不僅如此，連看似無生命的連綿高山澗谷，其形態均奔向棲霞寺，各個山峰的走向亦都朝往棲霞寺。詩人在此所要表達的是此寺的佛氛深厚、甚有靈應；儲光羲在〈重寄虯上人〉云：「此情勞夢寐，況道雙林遙。」重寄含有重大的寄託之意，從詩文來看，作者與虯上人的友情深厚，但因二人分開故有好一段時間未見面，詩人寫詩以抒思念之情，感慨自己現在所居處與虯上人所居佛寺距離遙遠，想敘舊情惟有在睡夢之中暢談；李嘉祐在〈同皇甫冉赴官留別靈一上人〉云：「獨歸雙樹宿，靜與百花親。」詩人意指上人即將獨自回到寺院修行，上人已將心修至靜寂，可朗照一切有情無情，所以詩人才說上人回修行地，縱然稍嫌孤單，但尚有大自然的花草綠樹可相互陪伴；皇甫冉在〈酬楊侍御寺中見招〉云：「誠如雙樹下，豈比一丘中。」詩人在佛寺中閒遊，詩中提到「高閣宜春雨，長廊好嘯風」即在描述寺中佛閣常有高僧演說佛法，其時法雨紛紛而下，令聽者頓生解悟、心中生機盎然，而寺中的長廊建築更有呼嘯即成風的特色，詩人認爲能在寺中閒遊散步、聆聽法雨，哪裡比不上在深山林叢間隱居呢？

　　孟浩然在〈陪張丞相祠紫蓋山述經玉泉寺〉云：「五馬尋歸路，雙林指化城。」詩人與張九齡等人祭祀過紫蓋山後，一夥人準備駕著馬車回歸，在回程中會經過玉泉寺，詩中以雙林的典故借指休憩地，以《法華經》中的化城喻借指玉泉寺。詩人於此肯定張九齡的爲官品格，將玉泉寺比擬爲神祇所化，慰勞、給予眾人的休憩之所；王維在〈贈徐中書望終南山歌〉云：「駐馬兮雙樹，望青山兮不歸。」這是一首惆悵深長的詩歌，是作者在眼見張九齡被李林甫陷害後辭相位貶居荊州長史的感慨，這天，作者離開官府準備下班，騎的馬在佛寺停

步駐留，似乎遠望著青山而不想回家，詩人透過馬兒的行止表現，隱微地表明對官場是非的無奈，自己只想如馬兒般駐足佛寺修行；杜甫在〈酬高使君相贈〉中云：「雙樹容聽法，三車肯載書。」詩人剛至成都寄居在浣花寺，高適寫詩相贈，此是杜甫回詩，詩中言及自己在佛寺聽講僧人說法，但身負妻兒養育之責，恐怕是難以完全契應佛法，更談不上與之問難。在〈登牛頭山亭子〉中云：「路出雙林外，亭窺萬井中。」仇兆鰲注解認同語出《景德傳燈錄・婺州善慧大士》的記載：「大同五年，奏捨宅於松山下，因雙檮樹而創寺，名曰雙林。其樹連理，祥煙周繞，有雙鶴棲止。」〔註68〕雙林指的是傅大士捨宅所建之雙林寺。但筆者以為當時四川的梓州另有兜率寺，而傅大士又傳說是彌勒化身，詩人登牛頭山而遙想兜率，如此串連則有其可能，但觀全詩內文，「雙林」亦可解釋為描述所見景色、或是單指牛頭寺，在此處要強說杜甫想的是位在浙江的雙林寺，如此串連稍嫌牽強。

三、雞足山

　　根據玄奘的《大唐西域記》記載，釋迦牟尼在涅槃之前把姨母所獻的金縷袈裟交待給大迦葉，囑托他在彌勒菩薩成佛、降臨人間、三會說法後，再將此衣付予彌勒佛，而大迦葉在將法脈傳給阿難以後，即以無上佛力打開雞足山壁入內禪定止息，山壁即自關閉：

> 摩訶迦葉波者，聲聞弟子也，得六神通、具八解脫，如來化緣斯畢，垂將涅槃告迦葉波曰：「我於曠劫勤修苦行，為諸眾生求無上法，昔所願期今已果滿，我今將欲入大涅槃，以諸法藏。囑累於汝，住持宣布勿有失墜，姨母所獻金縷袈裟，慈氏成佛留以傳付，我遺法中諸修行者，若比丘比丘尼鄔波索迦（唐言近事男，舊曰伊蒲塞，又曰優波塞，又曰優婆塞，皆訛也）鄔波斯迦（唐言近事女，舊曰優婆斯，又曰優婆夷，皆訛也），皆先濟渡令離流轉。」迦葉承旨住持正法，結集既已至第二十年，厭世無常將入寂滅，

〔註68〕參見《大正藏・景德傳燈錄》第五十一冊，第430頁下。

乃往雞足山山陰而上，屈盤取路至西南岡，山峰險阻，崖
徑槃薄，乃以錫扣剖之如割，山徑既開，逐路而進。槃紆
曲折迴互斜通，至于山頂東北面出，既入三峰之中，捧佛
袈裟而立，以願力故三峰斂覆，故今此山三脊隆起，當來
慈氏世尊之興世也，三會說法之後，餘有無量憍慢眾生將
登此山，至迦葉所，慈氏彈指，山峰自開，彼諸眾生既見
迦葉更增憍慢，時大迦葉授衣，致辭禮敬已畢，身昇虛空
示諸神變，化火焚身遂入寂滅，時眾瞻仰，憍慢心除，因
而感悟皆證聖果。〔註69〕

《景德傳燈錄》亦有相似記載：

迦葉乃告阿難言：「我今年不久留，今將正法付囑於汝，汝
善守護。」……說偈已，乃持僧伽梨衣入雞足山，俟慈氏
下生。〔註70〕

《經律異相》亦言：

迦葉結法藏竟，入雞足山。破為三分，於中鋪草布地，即
自思惟，而語身言，如來昔以糞掃衣，覆蔽於汝，乃至為
彌勒法藏應住於此，因說偈言：「我以神通力，當知於此身，
以糞掃衣覆，至彌勒出世，時我為彌勒，教化諸弟子。」
即起三三昧，如一入涅槃以三山覆身，如子入母腹，而自
不失壞，二若阿闍世王來，先約相見，來者山應當開，阿
闍世若不見我，當吐熱血死。三阿難來山開，彌勒與九十
六千萬弟子來此，取迦葉身以示脊屬，令悉學我持戒功德。

〔註71〕

盛唐詩人提及此典故者有二人二詩。孟浩然在〈游景空寺蘭若〉中曰：
「寥寥隔塵事，疑是入雞山。」詩人在寺中游賞，詩中提及「宴息花
林下，高談竹嶼間」的場景，有修行者在林下花間禪坐止息，也有在
竹林茂盛的小山丘熱烈地談論佛法，作者認為此時此刻的氛圍，完全

〔註69〕參見《大正藏・大唐西域記》第五十一冊，第 919 頁中～919 頁下。
〔註70〕參見《大正藏・景德傳燈錄》第五十一冊，第 206 頁上～206 頁中。
〔註71〕參見《大正藏・經律異相》第五十三冊，第 65 頁下。

沒有任何的紅塵習氣，與外界隔離、二分，讓人頓感彷彿進入大迦葉的最終歸屬處，依前述佛典記載，大迦葉至今仍在雞足山禪坐等待彌勒佛下生人間。詩人在此以雞足山的與世隔離象徵比喻佛寺的脫俗無染；張謂在〈同諸公游雲公禪寺〉中云：「共許尋雞足，誰能惜馬蹄。」詩人與好友們共同游覽雲公禪寺，事前大家都有共識，欲在禪寺尋找讓人能止息浮動心靈的地方、一個與世隔絕而無塵紛染著之境，作者用大迦葉禪定於雞足山的典故比擬他們所要找尋之處，至於第二句則是作者的感慨，吾人終生奔波勞碌，汲汲於名利富貴，何人何時才能愛惜這不斷前進的馬蹄，讓這驅動的心靈能停息、休憩呢？

四、雪山、雪山童子

　　雪山大士是世尊成佛前所修的一世。根據《大涅槃經》的記載，雪山大士生活在食物無缺、山明水秀的雪山，其禪修境界已入甚深法門，貪嗔癡等惡種子已化為常樂我淨之法，雪山大士的修行驚動諸天神，並決定要再助其一臂之力，讓其修行更深一步，因此決定考驗其生死關卡與修行求法的抉擇，《大涅槃經》云：

> 我於爾時住於雪山。其山清淨，流泉、浴池、樹林、藥木充滿其地。處處石間有清流水，多諸香花，周遍嚴飾，眾鳥、禽獸不可稱計，甘果滋繁，種別難計，復有無量藕根、甘根、青木、香根。我於爾時獨處其中，唯食諸果，食已繫心，思惟坐禪經無量歲，亦不聞有如來出世大乘經名，善男子，我修如是難行苦行時，釋提桓因等諸天人心大驚怪，即共集會，各各相謂。〔註72〕

有日，天界為驗其修道的堅貞，故帝釋化為羅剎並口唸「諸行無常，是生滅法」的偈語，雪山童子聞之大喜，懇求羅剎再敘下半偈，並以終生為其弟子、侍奉一生為條件，而羅剎故意以肚飢為理由無法再說，此時雪山童子應允羅剎，只要說出下半偈則願以身供奉，羅剎隨即再唸「生滅滅已，寂滅為樂」的佛偈，雪山童子聞畢即於各處書寫

〔註72〕參見《大正藏》第十二冊，第 691 頁中。

此偈，並從樹上一躍而下，準備兌現諾言，這時羅剎現出帝釋身接住雪山童子，至此天人肯定其修行之堅貞。《大般涅槃經》云：

我見如是無量眾生發心之後皆生動轉，是故我今雖見是人修於苦行，無惱無熱住於險道，其行清淨未能信也。我今要當自往試之，知其實能堪任荷負阿耨多羅三藐三菩提大重擔不。……爾時釋提桓因，自變其身作羅剎像形甚可畏，下至雪山，去其不遠而便立住，是時羅剎，心無所畏勇健難當，辯才次第其聲清雅。宣過去佛所說半偈：「諸行無常，是生滅法。」說是半偈已便住其前。所現形貌甚可怖畏，顧眄遍視觀於四方，是苦行者，聞是半偈心生歡喜。……善哉大士，汝於何處得是過去離怖畏者所說半偈；大士，復於何處而得如是半如意珠；大士，是半偈義乃是過去未來現在諸佛世尊之正道也。一切世間無量眾生常爲諸見羅網所覆，終身於此外道法中，初不曾聞如是出世十力世雄所說空義，善男子，我問是已，即答我言，大婆羅門，汝今不應問我是義，何以故，我不食來已經多日，處處求索了不能得，飢渴苦惱心亂語，非我本心之所知也。……善男子，我時即復語羅剎言，大士，若能爲我說是偈竟，我當終身爲汝弟子。大士，汝所說者名字不終義亦不盡，以何因緣不欲說耶，夫財施者則有竭盡，法施因緣不可盡也，雖無有盡多所利益，我今聞此半偈法已心生驚疑。汝今幸可爲我除斷說此偈竟，我當終身爲汝弟子。……善男子，我復語言，汝但具足說是半偈，我聞偈已當以此身奉施供養。〔註73〕

羅剎復言，汝若如是能捨身者，諦聽諦聽，當爲汝說其餘半偈，善男子，我於爾時聞是事已心中歡喜，即解己身所著鹿皮，爲此羅剎敷置法座。白言，和上，願坐此座，我即於前叉手長跪而作是言，唯願和上，善爲我說其餘半偈令得具足，羅剎即說：「生滅滅已，寂滅爲樂。」爾時羅剎

〔註73〕參見《大正藏》第十二冊，第449頁下～450頁下。

說是偈已復作是言，菩薩摩訶薩汝今已聞具足偈義，汝之
所願為悉滿足，若必欲利諸眾生者，時施我身，善男子，
我於爾時深思此義，然後處處若石若壁若樹若道書寫此
偈。……我於爾時說是語已，尋即放身自投樹下，下未至
地時，虛空之中出種種聲，其聲乃至阿迦尼吒，爾時羅剎
還復釋身，即於空中接取我身安置平地，爾時釋提桓因及
諸天人大梵天王，稽首頂禮於我足下，讚言，善哉善哉，
真是菩薩，能大利益無量眾生。〔註74〕

《經律異相》亦有相同的記載，可見此故事深為時人所知，盛唐詩中
共有二人二詩提及此典故，李白在〈遊水西簡鄭明府〉中云：「何當
一來遊，愜我雪山諾。」詩人懷想鄭明府，稱讚其詩作「鄭公詩人透，
逸韻宏寥廓」，因想念鄭公詩作的風韻宏遠，所以詩中一邀鄭公能至
佛寺適意暢快地談天論地。「雪山諾」本指釋迦牟尼的本生故事，「雲
山」則是其修行之處，詩人在此借此典故而指佛寺；郎士元在〈題精
舍寺〉中云：「月在上方諸品靜，僧持半偈萬緣空。」詩中描述夜宿
精舍所感，此時寺中萬籟靜謐、悄無人聲，惟有當空懸掛一輪明月，
詩人讚揚寺中僧人均如雪山童子般精進於修行，為求無上解脫智慧妙
法，他們可以放下所有可見的物質，包含自己的肉身，所以當禪宗五
祖潛至碓坊，見慧能腰上繫縛石頭舂米時才會說：「求道之人，為法
忘軀，當如是乎？」〔註75〕因為眼前所見均是虛幻，其體本空，惟有
求得般若涅槃智慧，方是恆久不變；高適在〈同馬太守聽九思法師講
金剛經〉中云：「捨施割肌膚，攀緣去親愛。」詩中稱讚九思法師的
修持甚深，已達至雪山大士為法忘軀的境界，筆者以為高適詩中除稱
揚法師修為深厚外，更讚揚法師之法如羅剎之偈語，讓人體悟無盡、
當下醒覺萬物之因緣，僅是聚散無常，毋需執滯。

〔註74〕參見《大正藏》第十二冊，第450頁下～451頁上。
〔註75〕參見《六祖壇經流行本、敦煌本合刊》，臺北：慧炬出版社，2001年
11月版，頁12。

五、天上天下，唯我（吾）獨尊

根據《佛祖統記》的記載，釋迦牟尼一出生即能行走七步，並舉右手作獅子吼，說道：「我於天人之中最尊最勝。」其文曰：

> 夫人見無憂樹花葉茂盛，即舉右手欲牽摘之，菩薩漸漸從右脅出，時樹下生七寶蓮花，大如車輪，身墮花上自行七步，舉右手作獅子吼云：「我於天人之中，最尊最勝。」時四天王，即以天繒接置寶几，帝釋執寶蓋，梵王持白，。侍立左右，難陀兄弟二龍王，於虛空中吐清淨水，一溫一涼以灌太子，身黃金色，三十二相，放大光明照三千界，天龍八部空中作樂，歌頌佛德散花亂墜，一切天人讚嘆種智，速成佛道度脫眾生。〔註76〕

《大唐西域記》的內容雖與《佛祖統記》略有差異，但一出生即云「唯我獨尊」的記載則無不同，其文曰：

> 菩薩生已不扶而行於四方各七步，而自言曰：「天上天下，唯我獨尊。」今茲而往生分已盡，隨足所蹈出大蓮花，二龍踊出住虛空中而各吐水，一冷一煖以浴太子，浴太子窣堵波東有二清泉，傍建二窣堵波，是二龍從地踊出之處，菩薩生已支屬宗親莫不奔馳求水盥浴，夫人之前二泉涌出，一冷一煖遂以浴洗，其南窣堵波，是天帝釋捧接菩薩處，菩薩初出胎也，天帝釋以妙天衣跪接菩薩，次有四窣堵波，是四天王抱持菩薩處也，菩薩從右脅生已。〔註77〕

在《佛祖歷代通載》中則是「天上天下唯吾獨尊」，其餘記載相似，其云：

> 世尊生于迦毘羅衛國，藍毘尼園沙羅叉樹下，從母摩耶夫人右脅而出，姓剎利，父淨飯天，母大清淨，生時九龍吐水，金盤沐已周行七步，自言，吾受最後生身，天上天下唯吾獨尊，相好莊嚴具三十二大人之相。〔註78〕

〔註76〕參見《大正藏・佛祖統記》第四十九冊，第142頁上～142頁中。
〔註77〕參見《大正藏・大唐西域記》第五十一冊，第902頁上～902頁中。
〔註78〕參見《大正藏・佛祖歷代通載》第四十九冊，第495頁上。

盛唐詩人宋昱在〈題石窟寺〉中云：「瑞蓮生佛步，瑤樹挂天衣。」詩人在石窟寺中欣賞壁畫，心中有感便進而描繪所見所感，詩中言及壁畫中有世尊誕生時的異相，世尊向四方各行走七步，每走一步即地涌蓮花，畫中還繪有傳說中玉白色的瑤樹，樹上即挂滿了諸天人所著之仙衣。

六、鴿隱佛影

　　根據《大般涅槃經》的記載，有一日，佛與舍利弗及五百弟子出行，此時有一隻鴿子被老鷹追逐，這隻鴿子非常驚慌地躲到舍利弗的影子下，其身並未因此安穩，身體仍因害怕而如芭蕉樹般搖顫，但當鴿子進入世尊的影子下，則恐懼得以解除，身體不再顫抖，這是因為世尊的修行已至無上微妙究竟處，連影子亦有大佛力，經云：

> 善男子，如來戒者，無有因緣，是故得名為究竟戒，以是
> 義故，菩薩雖為諸惡眾生之所傷害不生恚礙，是故如來得
> 名成就畢竟持戒究竟持戒。善男子，我昔一時與舍利弗及
> 五百弟子，俱共止住摩伽陀國瞻婆大城，時有獵師追逐一
> 鴿，是鴿惶怖至舍利弗影，猶故戰慄如芭蕉樹，至我影中，
> 身心安隱恐怖得除，是故當知如來世尊畢竟持戒，乃至身
> 影猶有是力。〔註79〕

在《大智度論》中亦有相近的記載，只是內容稍有不同，經云：

> 佛在祇洹住晡時經行，舍利弗從佛經行，是時有鷹逐鴿，
> 鴿飛來佛邊住，佛經行過之影覆鴿上，鴿身安隱怖畏即
> 除不復作聲，後舍利弗影到鴿，便作聲戰怖如初。舍利
> 弗白佛言：「佛及我身俱無三毒，以何因緣佛影覆鴿，鴿
> 便無聲不復恐怖，我影覆上鴿便作聲戰慄如故？」佛言：
> 「汝三毒習氣未盡，以是故汝影覆時恐怖不除，汝觀此
> 鴿宿世因緣幾世作鴿？」舍利弗即時入宿命智三昧，觀
> 見此鴿從鴿中來，如是一二三世乃至八萬大劫常作鴿
> 身，過是已往不能見，舍利弗從三昧起白佛言：「是鴿八

〔註79〕參見《大正藏》第十二冊，第 529 頁上。

萬大劫中常作鴿身，過是已前不能復知。」佛言：「汝若
不能盡知過去世，試觀未來世此鴿何時當脫。」舍利弗
即入願智三昧，觀見此鴿一二三世乃至八萬大劫未脫鴿
身，過是已往亦不能知，從三昧起白佛言：「我見此鴿從
一世二世乃至八萬大劫未免鴿身，過此已往不復能知，
我不知過去未來齊限，不審此鴿何時當脫。」佛告舍利
弗，此鴿除諸聲聞辟支佛所知齊限，復於恒河沙等大劫
中常作鴿身，罪訖得出，輪轉五道中後得爲人，經五百
世中乃得利根，是時有佛度無量阿僧祇眾生，然後入無
餘涅槃，遺法在世是人作五戒優婆塞，從比丘聞讚佛功
德，於是初發心願欲作佛，然後於三阿僧祇劫，行六波
羅蜜，十地具足得作佛，度無量眾生已而入無餘涅槃，
是時舍利弗向佛懺悔白佛言：「我於一鳥尚不能知其本
末，何況諸法，我若知佛智慧如是者，爲佛智慧故，寧
入阿鼻地獄，受無量劫苦不以爲難。」〔註80〕

舍利弗的修行還未到達究竟，三毒餘氣仍存，以致於無法徹見鴿子的
前後世，故無法使鴿子的恐怖消失。杜甫在〈大雲寺贊公房四首〉中
提及：「黃鸝度結構，紫鴿下罘罳。」紫鴿一詞引用此典故，詩人在
此描摹寺中建築，此時或有黃鸝鳥與紫鴿正棲息於寺院屋簷之雕樑
上，由此場景令詩人聯想起當年鴿入佛影而不驚怖的故事，讚其佛寺
之莊嚴，令來者心靜、情定、不起欲波；孟浩然在〈夜泊廬江聞故人
在東林寺以詩寄之〉云：「石鏡山精怯，禪枝怖鴿棲。」詩人提及石
鏡山的山勢抖峭、山之東又有一圓石，質地明淨、可清楚照見物形，
因此山中的精怪均不敢任意靠近，而山中的東林寺則是佛氛瀰漫，身
在其中頓有安心之感油然而生，猶如當年被獵鷹追逐的鴿子一般，遁
逃至佛陀人影下才不再驚怖，作者此二句主要在表達佛寺的莊嚴，人
處寺中則心安身亦安。

〔註80〕參見《大正藏》第二十五冊，第 138 頁下～139 頁上。

七、共命鳥

根據《雜寶藏經》的記載，釋迦牟尼在王舍城回答比丘提問與提婆達多的因緣時，指出自己前世中的一世曾爲共命鳥，此鳥有二頭，一頭是己身、另一頭是提婆達多，此世的釋迦牟尼常食美果以養己身，但此舉引起另一頭的不滿，認爲牠都食美果，於是便食毒果，結果此身便中毒而亡，即使到今世，身爲世尊之弟，提婆達多仍未放棄此惡心。經云：

> 佛在王舍城，諸比丘白佛言：「世尊，提婆達多，是如來弟，云何常欲怨害於佛？」佛言：「不但今日，昔雪山中，有鳥名爲共命，一身二頭，一頭常食美果，欲使身得安隱；一頭便生嫉妒之心，而作是言：『彼常云何，食好美果，我不曾得。』即取毒果食之，使二頭俱死，欲知爾時食甘果者，我身是也，爾時食毒果者，提婆達多是，昔時與我共有一身，猶生惡心，今作我弟，亦復如是。」〔註81〕
>
> 《雜寶藏經》〈卷三〉
>
> 復次舍利弗。彼國常有種種奇妙雜色之鳥，白鵠孔雀鸚鵡舍利迦陵頻伽共命之鳥。是諸眾鳥，晝夜六時出和雅音，其音演暢五根五力七菩提分八聖道分如是等法，其土眾生聞是音已，皆悉念佛念法念僧。舍利弗，汝勿謂此鳥實是罪報所生，所以者何？彼佛國土無三惡趣。舍利弗，其佛國土尚無三惡道之名，何況有實，是諸眾鳥，皆是阿彌陀佛，欲令法音宣流變化所作。〔註82〕
>
> 《阿彌陀經》〈卷一〉

《阿彌陀經要解》云：「共命鳥，一身兩頭，識別報同。」《涅槃經》作「命命鳥」，《勝天王般若經》作「生生鳥」，梵名耆婆耆婆，一身兩頭之鳥。杜甫在〈嶽麓山道林二寺行〉提到：「蓮花交響共命鳥，金牓雙迴三足鳥。」蓮花是佛教清淨法義的代表，佛陀在《阿彌陀經》

〔註81〕參見《大正藏》第四冊，第 464 頁上。
〔註82〕參見《大正藏》第十二冊，頁 347 頁上。

則言西方極樂世界的共命鳥是阿彌陀佛所化，旨在宣揚佛法。杜甫詩中談及蓮花、共命鳥，意在言明嶽麓寺與道林寺均爲清淨之所，是紅塵俗世中的蓮邦；雖有寺院之別，但承載世尊濟世渡人之本愿則殊途同歸。

八、竹園、竹林

根據《大智度論》的記載，世尊曾於王舍城旁的竹園精舍長住、並講經說法：「是時佛度迦葉兄弟千人，次遊諸國到王舍城，頓止竹園。」《大唐西域記》則記載竹園的由來：

> 山城北門行一里餘，至迦蘭陀竹園。今有精舍，石基磚室，東闢其戶，如來在世多居此中，說法開化導凡拯俗，今作如來之身，初此城中有大長者迦蘭陀，時稱豪貴以大竹園施諸外道，及見如來聞法淨信，追昔竹園居彼異眾，今天人師無以館舍，時諸神鬼感其誠心，斥逐外道而告之曰：「長者迦蘭陀當以竹園起佛精舍，汝宜速去得免危厄。」外道憤恚含怒而去，長者於此建立精舍，功成事畢躬往請佛，如來是時遂受其施。〔註83〕

《經律異相》亦有相近的記載，內文情節稍有不同：

> 有豪貴長者，名迦蘭陀，追惜我園施與尼揵，不得奉佛及僧，臥不安席。有大鬼將軍，名曰半師，承佛神旨，即召閱叉推逐尼揵，裸形無恥不應止此，鬼師奉敕，搨打尼揵拖拽器物，尼揵怖走曰：「此何惡人暴害乃爾。」鬼師答言：「長者迦蘭陀當持竹園作佛精舍，大鬼將軍半師見使逐汝輩耳。」明日尼揵共責數長者，長者心悅吾願遂矣，答尼揵曰：「此諸鬼神強暴含瞋懼必作害，不如委去更求所安。」尼揵忿恨即日悉去，長者修立精舍，僧房坐具眾嚴都畢，行詣樹下請佛及僧，眾祐受施止頓化濟，靡不欣樂。〔註84〕

〔註83〕參見《大正藏·大唐西域記》第五十一冊，第922頁上～922頁中。
〔註84〕參見《大正藏·經律異相》第五十三冊，第11頁上。

竹園精舍本是迦蘭陀長者奉獻給外道修行之處，但當他遇見世尊、聽其佛法後遂心生信仰，於是便想將此精舍獻給佛陀講經說法之用，只是不知如何開口對那些外道說明，此時虛空界的鬼神感應到長者之志，便顯相給予外道、並斥其修行邪妄、逐其出竹園，後來外道果真帶著忿怒離開，佛陀一行人便在竹園傳法，這是佛教的第一間寺院。孟浩然在〈還山詒湛法師〉中云：「竹房閉虛靜，花藥連冬春。」詩人讚揚湛法師的修行佛寺虛明靜寂，完全是一處修行的淨地，而寺院內更遍栽各種花草藥用植物，一年四季均飄花藥香。詩人表面是描述寺院內外的場景，實則褒揚法師的修行精進，以其德行孕育寺院內外的佛氛。

九、雁王、銜果獻、鹿女

雁王的典故在佛典中有數則，內容基本相同，都是雁王被獵人所捕獲，雁王時有五百雁追隨，遂令諸雁遠離另覓生路，此時有一雁不願離開，伴在雁王左右，不顧其本身亦已受傷，再加上餘雁在空中盤旋不去，獵人身受感動而放了雁王，後來喜食雁肉的國王得知，立誓不再食用雁肉。這是佛陀的前生故事，雁王即是佛陀，伴雁王之雁爲阿難，五百雁是五百比丘，《經律異相》（卷21）云：

> 昔有國王，喜食雁肉，常遣獵師，張網捕雁，日送一雁，
> 以供王食。時有雁王，將五百雁飛下求食，雁王墮網爲獵
> 師所得，餘雁驚飛徘徊不去，時有一雁連翻追隨，不避弓
> 矢悲鳴吐血，晝夜不息，獵師見之，感憐其義，即放雁王
> 令相隨去，群雁得王歡喜迴繞。爾時獵師，具以聞王，王
> 感其義，斷不捕雁，時雁王者，我身是也，一雁者阿難是
> 也，五百群雁，今五百羅漢是也。食雁國王者，今大王是
> 也，時獵師者，今調達是前世已來，恒欲害我，我以大慈
> 之力，因而得濟。不念怨惡，自致得佛，王及群臣，莫不
> 歡喜。〔註85〕

〔註85〕參見《大正藏・經律異相》第五十三冊，第 113 頁中～113 頁下。

《經律異相》（卷11）的記載略有不同，內容更完整：

　　過去世時，有波羅奈城，城邊有池，池名雨成。是池中多
　　魚龜鵝雁鴨等，中有雁王，名曰治國，作五百雁主，時有
　　獵師，先施毛冒，雁王前行，右腳著冒，作是念言，若我
　　出是冒腳，餘雁不敢噉穀，盡已即便現腳，眾雁飛去。唯
　　有一雁，名曰蘇摩，不捨王去。王語大臣言：「我與汝職
　　作王，在諸雁前行。」答言：「不能。」問言：「何故致爾
　　時大臣。……」爾時冒師，語大臣言：「我不相殺，放汝
　　及王，隨所樂去。」獵師即解雁王，二雁俱去，共相謂言，
　　是獵師作希有事，與我等命，我等資生當以厚報。獵師問
　　言：「汝是畜生。有何生具以用報我。」二雁答言：「波羅
　　奈王名曰梵德，汝持我與。」獵師持雁著兩肩上，到城巷
　　中，是雁端正眾人樂見，有與五錢十錢二十錢者，皆言莫
　　殺，是人比至王宮，大得財物。……治國雁王入王宮中，
　　諸雁從雨成池出於王宮上，徘徊悲鳴，翅濕有水灑污宮
　　殿，王問曰：「此是何等。」雁王答言：「是我眷屬。」王
　　言：「汝欲去耶。」答言：「欲去。」王言：「汝何所須。」
　　答言：「我為獵師所得，於我等作希有事，與我等壽，若
　　先殺一後復殺一誰能遮者。」王言：「當何以報之。」二
　　雁答曰：「與金銀車渠馬瑙衣服飲食。」作是語已飛昇虛
　　空，佛言：「雁王則我身是，五百雁者，則五百比丘是也，
　　獵師者守財象是也，梵德王者即淨飯王是也，蘇摩大臣者
　　阿難是也。」〔註86〕

至於銜果獻則是《法苑珠林》、《高僧傳》的記載故事，二者內容幾乎
相同。在道林寺有位僧伽名達多，一日，在禪坐時，時間已至用餐時
間，心中正欲受齋，此時群鳥竟有感應，於是銜著果實來奉養僧人，
達多心想昔日世尊亦曾接受獼猴奉蜜供養，今日群鳥為我授食而來，
何不效法世尊接受，於是受食果實。《法苑珠林》云：

　　宋京師道林寺。有沙門僧伽達多僧伽羅多等，並博通經論，

〔註86〕參見《大正藏・經律異相》第五十三冊，第60頁上～60頁中。

> 偏以禪思爲業，以元嘉之初，來游宋境，達多常在山中坐禪，日時將迫，念欲受齋，乃有群鳥銜果飛來授之，達多思惟，昔獼猴奉蜜，佛亦受而食之，今飛鳥授食，何爲不可，於是受進食之。〔註87〕

鹿女的典故則由《雜寶藏經》的記載而來，波羅奈國中有座仙山，山中有一仙人在此修行，其常於一石上大小解，久而久之，石上即留存仙人精氣，此時有一頭母鹿前來找尋食物，舐其石上精氣遂而有孕，懷胎足月後便至仙人處產下一女，仙人出洞口見此女即知爲親生女，於是將其養育成人，此女每踏一步，地上即生蓮華。《雜寶藏經》云：

> 佛告諸比丘。過去久遠無量世時，有國名波羅奈，國中有山，名曰仙山，時有梵志，在彼山住，大小便利，恒於石上，後有精氣，墮小行處。雌鹿來舐，即便有娠，日月滿足，來至仙人所，生一女子，端正殊妙，唯腳似鹿，梵志取之，養育長成。……時梵豫國王，出行遊獵，見彼梵志，遶舍周匝，十四重蓮華，復見二道有兩行蓮華，怪其所以，問梵志言：「都無水池，云何有此妙好蓮華？」答言：「彼仙住處有一女，來從我乞火，此女足跡，皆生蓮華，我便要之，若欲得火，遶舍七匝，將去之時，亦復七匝，是以有此周匝蓮華。」〔註88〕

王維〈遊感化寺〉中云：「雁王銜果獻，鹿女踏花行。」在短短十字中用了三個佛教典故，其佛學涵養可見深厚。詩人主要藉由佛典中的傳奇事蹟，在讚揚佛寺的靈應，常有各種神跡出現，如曾有雁王口銜果實前來進獻僧侶，更有鹿生的仙女來到寺院，其每踏一步均生蓮華。由此可知，感化寺常引神人進駐。

十、香象

　　根據《法苑珠林》、《大唐西域記》的記載，在尼連禪那河的對岸有座位在森林中的水池，當時有兩頭母子象常來此遊玩，母象眼睛已

〔註87〕參見《大正藏・法苑珠林》第五十三冊，第 955 頁下～956 頁上。
〔註88〕參見《大正藏》第四冊，第 452 頁中～452 頁下。

瞎，小象則採藕根、取水奉養母象，日復一日，有天，有人迷路而小象前往搭救引出，但此人心有不軌，竟向國王報告森林中藏有稀少的香象，於是國王便派人去捕捉，小象被抓回後不吃也不喝，國王驚奇而親問小象原因，小象才表明母象眼瞎覓食不易，想必現在母象亦未進食，身為人子怎吃得下飯呢？國王深受感動就把小象放回森林，這隻小象就是釋迦牟尼的前生之一，《法苑珠林》云：

> 院東渡河大林中塔北池者，佛昔為香象子侍盲象母處，前建石柱，昔迦葉波佛於此宴坐，側有四佛行坐跡。〔註89〕

《大唐西域記》云：

> 菩提樹東渡尼連禪那河大林中有窣堵波，其北有池，香象侍母處也，如來在昔修菩薩行為香象子，居北山中遊此池側，其母盲也，採藕根汲清水，恭行孝養與時推移，屬有一人遊林迷路，彷徨往來悲號慟哭，象子聞而愍焉導之，以示歸路，是人既還遂白王曰：「我知香象遊舍林藪，此奇貨也可往捕之。」王納其言興兵往狩，是人前導指象示王，即時兩臂墮落若有斬截者，其王雖驚此異，仍縛象子以歸。象子既已維繫多時而不食水草，典廄者以聞，王遂親問之，象子曰：「我母盲冥累日飢餓，今見幽厄詎能甘食。」王愍其情也，故遂放之。〔註90〕

王維在〈和宋中丞夏日遊福賢觀天長寺之作〉中云：「積水浮香象，深山鳴白雞。」詩人在此以佛典中的香象借指為佛寺，此水池既有香象前來，代表是佛所喜愛地、居住地、即是佛地。詩中言及寺院中的池塘彷若有香象游動著，這是以香象代指此地的殊勝，而深山中養著道教所認為可避邪的白毛雞。

十一、天衣迴舞、仙樂飄揚

　　根據《妙法蓮華經‧譬喻品》的記載，釋迦牟尼為舍利弗授記，預言其在無量無邊不可思議劫後，在供養千萬億佛、並奉持正法、具

〔註89〕參見《大正藏‧法苑珠林》第五十三冊，第 504 頁上。
〔註90〕參見《大正藏‧大唐西域記》第五十一冊，第 919 頁上。

足菩薩的一切圓滿功德後就可成佛，其佛名曰華光如來、佛國名曰離垢。此時在場的比丘、比丘尼、在家居士、天神、夜叉、龍神等天人大眾都爲舍利弗的授記而歡欣，紛紛脫下身上的上衣，以作供佛，這時梵天王等無數天神也把天衣及曼陀羅花供養佛陀。此時諸天神的天衣飄浮於虛空，正在迴轉輕舞，而眾多百千萬種的仙樂亦同時在空中奏響飄揚，天花也隨之飄落。《妙法蓮華經・譬喻品》云：

> 舍利弗，汝於未來世過無量無邊不可思議劫，供養若干千萬億佛，奉持正法，具足菩薩所行之道，當得作佛。號曰華光如來、應供、正遍知、明行足、善逝、世間解、無上士、調御丈夫、天人師、佛、世尊。國名離垢。……爾時四部眾，比丘、比丘尼、優婆塞、優婆夷，天龍、夜叉、乾闥婆、阿修羅、迦樓羅　緊那羅、摩睺羅伽等大眾，見舍利弗於佛前受阿耨多羅三藐三菩提記，心大歡喜踊躍無量，各各脫身所著上衣，以供養佛。釋提桓因、梵天王等，與無數天子，亦以天妙衣、天曼陀羅華、摩訶曼陀羅華等，供養於佛。所散天衣住虛空中，而自迴轉，諸天伎樂百千萬種，於虛空中一時俱作，雨眾天華。〔註91〕

王維在〈和宋中丞夏日遊福賢觀天長寺之作〉中云：「虛空陳妓樂，衣服製虹霓。」陳鐵民在《王維集校注》中認爲「虛空陳妓樂」是詩人所描述的寺院壁畫一景，是眾天人歡欣舍利弗被授記，未來必將成佛之語，此時虛空界中天衣飛舞、仙樂飄飄，天人同慶。至於「衣服製虹霓」則是說明道觀中的道士用彩虹霞氣製成衣服，實際上是指道士身上衣服的彩飾圖案。

十二、馬喻

　　根據《大般涅槃經》的記載，世尊與大迦葉的對話中，提及善星比丘是一闡提，但善星比丘又是世尊爲太子時所生，本已出家進入第四禪定，但結交惡友後否定佛法、並起加害世尊之心。所以二人的對

〔註91〕參見《大正藏》第九冊，第 11 頁中～12 頁上。

話在討論如何挽救像善星比丘一樣的一闡提，世尊告訴大迦葉他仍以佛法在教誨，只是上等的無上解脫法需傳給大善根的菩薩、淺近的義理則向聲聞講述、至於一般世俗的人倫道理則向一闡提講授，即使現在他們嗤之以鼻，但也爲他們種下善根。《大般涅槃經》云：

> 善男子！譬如大王有三種馬，一者調壯大力，二者不調齒
> 壯大力，三者不調羸老無力。王若乘者，當先乘誰？世尊！
> 應當先乘調壯大力，次用第二、後用第三。善男子！調壯
> 大力喻菩薩僧，其第二者喻聲聞僧，其第三者喻一闡提。
> 現在世中雖無利益，以憐愍故，爲種後世諸善種子。〔註92〕

王維在〈與胡居士皆病寄此詩兼示學人二首〉中云：「詎捨貧病域，不疲生死流。無煩君喻馬，任以我爲牛。」詩人指出若能捨去、不以貧與病所帶來的苦痛爲苦痛，於心靈中昇華對生死的執著，如此一來，就無須再煩君以馬爲喻，判別我是屬於那一種程度的修行者，而任憑閣下隨意稱我爲牛或馬都好。詩人的深意是當人已突破本身界限，體悟到空而不空、眞空妙有之理路時，外在所加諸於人的一切符號、限定均一一脫落、無法滯留，甚至連佛法亦當超脫。

十三、迦葉植福予貧

根據《法苑珠林》、《注維摩詰經》的記載，大迦葉在乞食時不找富人，僅找貧困窮苦之人，他認爲今生又貧又窮都是前生未佈施所造成，因此，他爲了替窮人植來生之福，故乞食於窮人。最有名的例子是度貧母，大迦葉向城中最貧苦的婦人乞食，而此貧婦僅剩一些臭米汁，自認髒污並不願佈施大迦葉，但大迦葉以佈施的功德相勸，貧母才勉爲其難佈施於大迦葉，大迦葉立即將其喝下，此事已畢，過數日，貧母死，但因此一佈施之德，故轉生爲天女。《法苑珠林》云：

> 佛在舍衛國，是時摩訶迦葉，獨行教化到王舍城，常行大
> 哀福於眾生，捨諸豪富而從貧乞，時欲分衛先入三昧，何
> 所貧人吾當福之，即入王舍大城之中。見一孤母，最甚貧

〔註92〕參見《大正藏》第十二冊，第807頁上。

困，在於街巷大糞聚中，傍鑿糞聚以爲嚴窟，羸瘦疾病常臥其中，孤單零丁無有衣食，便於嚴窟施小籬柵，以障五形，迦葉三昧知此人宿不植福是以今貧，知母壽命，終日在近，若吾不度永失福堂，母時飢困，長者青衣而棄米汁。臭惡難言。母從乞之。即以破瓦盛著左右。迦葉到所祝願從乞，多少施我可得大福。……心念前日有臭米汁，欲以施之則不可飲，遙啓迦葉，哀我受不，迦葉答言：「大善。」母即在窟匍匐取之，形體裸露不得持出，側身僂體籬上授與，迦葉受之，尊口祝願使蒙福安，迦葉心念，若吾齎去著餘處飲，母則不信謂吾棄之，即於母前飲訖盪缽，還著囊中，於是老母特復眞信，迦葉自念。當現神足令此母人必獲大安，即在空中廣現神變，爾時母人見此踊躍，一心長跪遙視迦葉，迦葉告曰：「母今意中所願何等？」即啓迦葉，願以微福得生天上，於是迦葉忽然不現，老母數日壽終即生忉利天上。〔註93〕

王維在〈與胡居士皆病寄此詩兼示學人二首〉中云：「植福祠迦葉，求仁笑孔丘。」詩人在詩中透露自己虔心修佛，並經常祭祀大迦葉尊者，期許自己亦能如貧母般獲得尊者的祈福，將來往生淨土。但後一句並非是嘲笑孔子施行仁政的學說，而是自傷自己本欲效法孔子濟助生民於苦難之中，但朝廷奸吏把權、無從著手，只好借由嘲笑孔子言行，來抒發一己之無奈與憤恨。

十四、小結

　　盛唐詩人所舉西域的佛禪典故，很多都與釋迦牟尼前生、今生的修行故事有關，由所舉例子來看，盛唐詩人確實對佛教有實在的了解，要不然是難以舉出這些西域典故，而這些西域典故也與中土典故一致，多是具有神秘的色彩，如雞足山的典故最具傳奇，大迦葉眞的還在此等候彌勒佛降生嗎？對於佛徒來說是肯定的答案。

〔註93〕參見《大正藏・法苑珠林》第五十三冊，第716頁中～716頁下。

第六章　盛唐詩中的佛禪經典意涵

　　盛唐詩中有部分詩歌引用佛典中的意涵，根據筆者的統計，以《維摩詰經》與《妙法蓮華經》的思想被引用最多，其次是《彌勒下生經》、《楞伽經》、《般若心經》、《金剛經》、《六祖壇經》、《涅槃經》、《摩訶止觀》等佛典。試就所知分節說明如下：

第一節　盛唐詩中的《維摩詰經》意涵

　　《佛典與南朝文學》中指出：

　　　　佛教自兩漢之際傳入中土，在中國的影響在廣度和深度方面都在加強。東晉以還，佛教在士人階層中逐漸站穩腳跟，他們對佛教義學的探討也隨之興盛起來。在傳入中土的眾多佛典中，《維摩詰經》具有簡潔生動而又綜合的優長。所以，從一開始本經就成爲僧眾用來勸導民眾，尤其是士大夫中的文化精英分子信仰佛教的橋樑。〔註1〕

　　《中國中古維摩詰信仰研究》中指出：

　　　　佛教在唐代繼續流行，維摩詰信仰也在繼續傳播，維摩詰已成爲贊成或反對佛教者共同熟知的人物和必讀的經典，但已退去了昔日名士、名僧之維摩詰信仰中的論辯

───────────────

〔註1〕參見龔賢《佛典與南朝文學》，南昌：江西人民出版社，2008年4月版，頁43。

色彩。〔註2〕

又云：

> 唐代前期的文人在詩文碑銘方面留下了大量使用維摩詰教
> 義和典故的痕跡，其中有些表現了他們的信仰，有些則表
> 明了他們對此經的熟悉程度，從另一方面顯示了《維摩詰
> 經》在社會上廣布的盛況，表明它已列入文人接觸佛教的
> 必備典籍。〔註3〕

由以上引文可知，《維摩詰經》不僅唐以前就受重視，到了唐朝依然
是士大夫、民間人士所重點閱讀的佛典，故在其詩歌創作中，因詩歌
情感的需要，添入《維摩詰經》的思想以傳達己意即屬自然。

一、香積

　　盛唐詩人中，字摩詰的王維是採用《維摩詰經》意涵最多的作家，
約有 8 首左右，出現最多的內容是《維摩詰經》中的「香積」。其典
故出自《維摩詰經・香積佛品》，在眾菩薩說完對不二法門的體悟後，
舍利弗心起午時將到，不知眾菩薩要去哪裡用餐的心念，當下被維摩
詰居士告誡聽法時的心念不純，竟想到用餐的事，此時，居士顯大神
通為大眾展示一個由香積佛所建立的眾香佛國，再以神通化出一位菩
薩，並請這位化菩薩到眾香佛國向香積佛化緣餐食，香積佛將裝滿香
飯的鉢交予化菩薩，當化菩薩回到娑婆世界時，香飯的香氣染薰整個
三千大千世界與毗耶離城，此時有外道聲聞弟子心中生起一小鉢的米
飯怎麼夠在場天人食用的念頭，化菩薩心有所應，即告誡此弟子勿用
聲聞的境界揣摩如來無上智慧，果然，在分食給眾天人後，不僅大家
都吃飽、甚至還有剩餘，而且用過餐食的眾天人，從全身毛孔散出竟
與眾香佛國中樹木所散發的香氣一樣。《維摩詰經》云：

> 於是舍利弗心念：「日時欲至，此諸菩薩當於何食？」時維

〔註2〕參見何劍平《中國中古維摩詰信仰研究》，四川：巴蜀書社，2009年
　　　6月版，頁440。

〔註3〕參見何劍平《中國中古維摩詰信仰研究》，四川：巴蜀書社，2009年
　　　6月版，頁573～574。

摩詰，知其意而語言：「佛說八解脫，仁者受行，豈離欲食
而聞法乎？若欲食者且待須臾，當令汝得未曾有食。」時
維摩詰即入三昧，以神通力示諸大眾，上方界分過四十二
恒河沙佛土，有國名眾香，佛號香積，今現在，其國香氣
比於十方諸佛世界人天之香最為第一。彼土無有聲聞辟支
佛名，唯有清淨大菩薩眾，佛為說法，其界一切皆以香作
樓閣，經行香地苑園皆香，其食香氣周流十方無量世界，
時彼佛與諸菩薩方共坐食。有諸天子皆號香嚴，悉發阿耨
多羅三藐三菩提心，供養彼佛及諸菩薩，此諸大眾莫不目
見。……於是維摩詰，不起于座居眾會前化作菩薩，相好
光明威德殊勝蔽於眾會，而告之曰：「汝往上方界。分度如
四十二恒河沙佛土。有國名眾香。佛號香積。與諸菩薩方
共坐食。汝往到彼如我辭曰：『維摩詰稽首世尊足下，致敬
無量問訊起居少病少惱氣力安不，願得世尊所食之餘，當
於娑婆世界施作佛事。』。」……於是香積如來，以眾香缽
盛滿香飯與化菩薩。……是化菩薩以滿缽香飯與維摩詰，
飯香普熏毘耶離城及三千大千世界，時毘耶離婆羅門居士
等，聞是香氣身意快然歎未曾有。於是長者主月蓋，從八
萬四千人來入維摩詰舍，見其室中菩薩甚多諸師子座高廣
嚴好，皆大歡喜禮眾菩薩及大弟子。卻住一面，諸地神虛
空神及欲色界諸天，聞此香氣亦皆來入維摩詰舍。時維摩
詰語舍利弗等諸大聲聞：「仁者，可食如來甘露味飯，大悲
所熏無以限意食之，使不消也。」有異聲聞念：「是飯少而
此大眾人人當食。」化菩薩曰：「勿以聲聞小德小智稱量如
來無量福慧，四海有竭此飯無盡，使一切人揣若須彌乃
至一劫猶不能盡，所以者何？無盡戒定智慧解脫解脫知見
功德具足者，所食之餘，終不可盡。」於是缽飯悉飽眾會
猶故不賜。其諸菩薩聲聞天人食此飯者，身安快樂，譬如
一切樂莊嚴國諸菩薩也，又諸毛孔皆出妙香，亦如眾香國
土諸樹之香。〔註4〕

<hr>

〔註 4〕參見《大正藏》第十四冊，第 552 頁上～552 頁下。

後來文人受此影響，常以香積借喻飲食。如王維在〈過盧員外宅看飯僧共題七韻〉中云：「乞飯從香積，裁衣學水田。」員外發大慈悲心，在宅府佈施香齋飯食予僧侶，員外並令人裁製袈裟施予僧眾，此句言員外效法世尊，欲解脫凡身入聖賢位，正修行六度萬行法中的佈施。在〈遊感化寺〉中云：「香飯青菰米，嘉蔬綠筍莖。」詩人遊歷寺院，提及寺僧以青菰米做成香飯、還有用綠筍莖制作的鮮嫩蔬菜等齋食供予香客。在〈胡居士臥病遺米因贈〉中云：「既飽香積飯，不醉聲聞酒。」陳鐵民在《王維集校注》中指出這兩句是作者認為胡居士已得大乘之旨，不欲為聲聞小法。筆者贊成此說，因根據《維摩詰經‧香積佛品》的記載，眾香佛國只有修習大乘行的菩薩，未有修習聲聞、辟支佛等小乘果位者，故以香積表大乘行當是可行的比喻。酒是五戒之一，以酒指聲聞、小乘，以香積飯指大乘，在此以飯對比酒，作者詩中強調已修大乘菩薩行者，是不會沉醉在聲聞小乘法，因為惟有大乘菩薩行方能使人超脫；儲光羲在〈京口題崇上人山亭〉中云：「金沙童子戲，香飯諸天食。」前句是《法華經》記載的典故，而後句是借由《維摩詰經‧香積佛品》中化菩薩所求香積如來的香飯，並將此鉢香飯施予眾天神與諸天大眾的典故，讚揚崇上人的大乘菩薩行，努力救渡眾生於苦海中。

孟浩然在〈游雲門寺寄越府包戶曹徐起居〉中云：「捨舟入香界，登閣憩旃檀。」詩人借由《維摩詰經‧香積佛品》中的眾香佛國來比喻佛寺的所在地，就佛教而言，寺院是祭拜佛菩薩與修行的地方，說是人間淨土亦不為過，再加上此經的流傳普及與受歡迎，故後來眾香佛界就被引喻為佛寺。詩人說他離開小船、進入佛寺，並登上樓閣在檀木床上休息。在另外一首〈本闍黎新亭作〉中云：「地偏香界遠，心靜水田開。」亦是以香界泛指佛寺，詩人指出本闍黎的修為高超，其所居佛寺地處偏遠，但也因此而使其心境愈趨靜寂，能涵容萬物，所造新亭受其影響更顯開闊；杜甫在〈嶽麓山道林二寺行〉中云：「塔劫宮牆壯麗敵，香廚松道

清涼俱。」〔註5〕詩人稱讚嶽麓寺與道林寺的佛塔、寺院宮牆建築足可以壯麗二字相配，寺中香廚齋飯猶如《維摩詰經・香積佛品》所載處處飄香，在寺中道路的兩旁種滿松樹，行走其中常有清涼風襲來，頗有《大般涅槃經》卷九中所言：「善男子，譬如有國多清涼風，若觸眾生身諸毛孔，能除一切鬱蒸之惱。」能除一切的鬱惱。在〈閿鄉姜七少府設鱠戲長歌〉云：「偏勸腹腴愧年少，軟炊香飯緣老翁。」〔註6〕詩人以四十七年齡被尊為長者，頻被勸食，而且連飯菜也都特別煮得細軟，適合長者食用，詩人大嘆自己已被稱老。在此的香廚、香飯均源於《維摩詰經・香積佛品》中的內容，意指香國之食，香飯與香廚在後來演化成佛教界對寺中食物與廚房的稱呼，但在〈閿鄉姜七少府設鱠戲長歌〉中的「香飯」則指味美的食物，可見此典故已被時人所改變，成為美好食物的代稱。

　　李頎在〈覺公院施鳥石臺〉中云：「石臺置香飯，齋後施諸禽。」在此的「香飯」義即是齋飯亦是由《維摩詰經・香積佛品》中而來，詩人提及在眾僧俗吃完置放於石臺的香齋後，將其剩餘的齋飯再佈施予寺院中的諸多禽鳥。在〈題神力師院〉中云：「階庭藥草遍，飲食天花香。」詩人在此形容神力師院的階庭種滿了藥草，寺中飲食猶若在香積佛國般，傳出陣陣如天花的香氣；高適在〈同諸公登慈恩寺塔〉中云：「香界泯群有，浮圖豈諸相。」在此「香界」亦是由《維摩詰經・香積佛品》中而來，指慈恩寺塔，詩人與眾多文友同登佛塔，心中受寺中佛氛影響而以佛語入詩，提及在慈恩寺塔上遠眺時，內心有所感觸，眼見萬物雖是真，但無法永存終將消亡，即便是此莊嚴佛塔亦是萬相中的相，其體為空。在〈同馬太守聽九思法師講金剛經〉中云：「露冕眾香中，臨人覺苑內。」詩中所言「眾香」即是《維摩詰經・香積佛品》中化菩薩所前往化緣香飯的眾香

〔註5〕　《杜詩詳注》，頁1986。
〔註6〕　《杜詩詳注》，頁503。

佛國，後以眾香比喻寺院。高適詩中則言此刻在佛寺的馬太守，是位受朝廷肯定、且有德行予人民的官員，來此聽經不僅是求己覺悟，更在尋求治理、照顧百姓之道，也藉著參拜佛菩薩之際，祈求能找到賢良之才以助社稷。

二、宴坐

　　根據《維摩詰經‧弟子品》的記載，維摩詰臥病在床，自念何以大慈悲的世尊不來探望他，此念被世尊所感應，便請舍利弗前往探視，但舍利弗卻對世尊言道不能去，因為自己的德行不足，曾有一次在林中宴坐禪定，但卻被維摩詰居士指正，居士認為宴坐並非坐在某處才叫宴坐，能於三界中不以身形靜坐，這才是宴坐；能不在入定中靜坐，而能在任何時刻、地點中，心念入定而外在威儀仍進退有據，這才是宴坐；能不在佛法氛圍下、而能在塵俗雜亂的場景中生活且仍保有佛心，這才是宴坐；能讓自己的心念不入封閉的結界、亦不讓自己的心念往外馳奔，永守中庸不二法，這才是宴坐；能不排斥任何外道法門，並堅持修行三十七助道品，這才是宴坐；能不斬斷煩惱、還能修至涅槃境界，這才是宴坐。能如此進行宴坐，那才是佛陀所印可的。《維摩詰經‧弟子品》云：

　　爾時，長者維摩詰自念：「寢疾于床，世尊大慈，寧不垂愍？」佛知其意，即告舍利弗：「汝行詣維摩詰問疾。」舍利弗白佛言：「世尊，我不堪任詣彼問疾。所以者何？憶念我昔，曾於林中宴坐樹下。時維摩詰來謂我言：『唯！舍利弗，不必是坐為宴坐也。夫宴坐者，不於三界現身意，是為宴坐；不起滅定而現諸威儀，是為宴坐；不捨道法而現凡夫事，是為宴坐；心不住內亦不在外，是為宴坐；於諸見不動而修行三十七品，是為宴坐；不斷煩惱而入涅槃，是為宴坐。若能如是坐者，佛所印可。』時我，世尊，聞說是語，默然而止，不能加報。故我不任詣彼問疾。」〔註7〕

――――――――――

〔註 7〕參見《大正藏》第十四冊，第 539 頁下。

蕭麗華在《唐代詩歌與禪學》中認爲〔註8〕《維摩詰經》「宴坐」的主張反對形式靜坐，打破出世間與世間的分別，這種方式在《六祖壇經》中也被稱引，：

> 一行三昧者。於一切處，行住坐臥，常行一直心是也。《淨名云》：「直心是道場。直心是淨土。」……若言常坐不動是，只如舍利弗宴坐林中，卻被維摩詰訶。善知識，又有人教坐，看心觀靜，不動不起，從此置功，迷人不會，便執成顚。如此者眾，如是相教，故知大錯。〔註9〕

蕭麗華對宴坐的內涵再統合言之：「宴坐即參禪，是思維修，亦名靜慮。禪定一行，能發神通萬行，起自性無漏智慧。修禪之靜坐形式爲助道之法，以結跏趺坐爲主，但保任禪心必須融入生活日常之中，如永嘉禪師《證道歌》所云：『行亦禪，坐亦禪，語默動靜體安然。』以直心爲是，不以枯坐爲禪。」〔註10〕

　　《維摩詰經》對宴坐的主張深刻影響唐代文人。如王維在〈同比部楊員外十五夜遊有懷靜者季〉中云：「獨有仙郎心寂寞，卻將宴坐爲行樂。」詩中描述正月十五的繁華熱鬧，王公貴族與平民百姓的遊樂場景，但在這一片歡娛聲中，詩人稱讚楊員外的心靈保持寂靜、不受俗氛干擾，把宴坐當作是一種讓自己愉悅的樂事；孫逖在〈送新羅法師還國〉中云：「苦心歸寂滅，宴坐得精微。」讚揚法師一心修持，只願能入無上解脫法門，在日常生活中力行宴坐修行，常於其中得見甚深微妙法；李白在〈廬山東林寺夜懷〉中云：「宴坐寂不動，大千入毫髮。」詩中提及自己正宴坐、且已進入寂靜物空之境，此時整個三千大千世界都納入我的毫髮之中，正是芥子納須彌之喻、亦是一即一切，一切即一之悟達。

〔註8〕參見蕭麗華《唐代詩歌與禪學》，臺北：東大圖書，2000 年 10 月版，頁 44。

〔註9〕參見《大正藏》第四十八冊，第 352 頁下～353 頁上。

〔註10〕參見蕭麗華《唐代詩歌與禪學》，臺北：東大圖書，2000 年 10 月版，頁 41。

三、其它

（一）無作無行、空病空、癡愛、丘井、是身如浮雲、妙香

根據《維摩詰經・入不二法門品》的記載，不眴菩薩云：

> 受、不受爲二。若法不受，則不可得。以不可得故，無取無捨，無作無行。是爲入不二法門。〔註11〕

不眴菩薩指出人的感官有感知外界與拒絕感知的二元能力，若人對事均能選擇不感知，那麼人也就沒有什麼取與捨的兩難問題，也因爲不去取捨，自然也沒有做與不做的問題，這就是對入不二法門的領悟。這當中的不取捨，是因爲己身已頓悟到萬物萬事其體本空之理，終究滅亡的事物何必加以取捨，故守眞空妙有之理、即爲不二法門。王維在〈燕子龕禪師詠〉中云：「救世多慈悲，即心無行作。」即是引此經句說明燕子龕禪師的修行精湛，其多所救渡眾生於苦海中，亦常持慈悲善念不畏苦，心中早已超脫世俗的取捨範圍，禪師惟有遵從佛法教義，行該當之行，在日常生活中常行宴坐，使心保持寂靜不起分別心、行分別行。

（二）空病空

根據《維摩詰經・文殊師利問疾品》的記載，維摩詰居士提出菩薩有病均源於對自我存在的執著，要消除對法的執著，惟有體認到我與涅槃、萬法的無自性，以及萬法本體的實爲空才能有所緩解，但同樣的問題也會產生，執著萬物爲空亦是病，尚須由不二平等觀視之，明瞭空亦是空的道理，著空之病方能除病，《維摩詰經・文殊師利問疾品》云：

> 文殊師利言：「居士。有疾菩薩云何調伏其心。」維摩詰言：「有疾菩薩應作是念：『今我此病皆從前世妄想顛倒諸煩惱生。無有實法誰受病者？……彼有疾菩薩爲滅法想，當作

〔註11〕參見《大正藏》第十四冊，第 550 頁下。

是念：『此法想者亦是顛倒。顛倒者是即大患。我應離之。』
云何爲離？離我我所。云何離我我所？謂離二法。云何離
二法？謂不念內外諸法，行於平等。云何平等？爲我等涅
槃等。所以者何？我及涅槃，此二皆空。以何爲空？但以
名字故空。如此二法，無決定性。得是平等，無有餘病，
唯有空病，空病亦空。』。」〔註12〕

王維在〈夏日過青龍寺謁操禪師〉中云：「欲問義心義，遙知空病空。」
詩人想要詢問禪師，佛法中的眞如佛性爲何？因爲禪師深知一切皆空
的道理，甚至連一切皆空也是種執著、亦需超脫的佛理也相當明瞭。
詩人於此讚揚操禪師佛法之深，從中也透露詩人對佛理之精通。

（三）癡愛

根據《維摩詰經・文殊師利問疾品》的記載，文殊師利領世尊旨
意，前往問候維摩詰居士的病情，居士答以生病之緣由來自眾生，因
眾生受困於人間癡愛的執著，因無明而產生諸多求之不得的痛苦，所
以居士體念到眾生正身陷於水深水熱之中，故以患疾，如果眾生從此
貪、嗔、癡、愛的束縛中解脫，則其患病得解，這種因眾生患病導致
己身亦患病的因緣，是因菩薩的大悲心，不忍眾生痛苦。《維摩詰經・
文殊師利問疾品》云：

文殊師利言：「居士，是疾何所因起？其生久如？當云何
滅？」維摩詰言：「從癡有愛，則我病生。以一切眾生病，
是故我病；若一切眾生病滅，則我病滅。所以者何？菩薩
爲眾生故入生死，有生死則有病；若眾生得離病者，則菩
薩無復病。譬如長者，唯有一子，其子得病，父母亦病；
若子病愈，父母亦愈。菩薩如是。於諸眾生，愛之若子。
眾生病則菩薩病，眾生病愈菩薩亦愈。又言是疾何所因起？
菩薩病者，以大悲起。」〔註13〕

王維在〈與胡居士皆病寄此詩兼示學人二首〉中云：「因愛果坐病，

〔註12〕參見《大正藏》第十四冊，第544頁下～545頁上。
〔註13〕參見《大正藏》第十四冊，第544頁中。

從貪始覺貧。」詩人提出人因種種愛欲而衍生眾多煩惱，最後只落個求不得苦的結果，更因此而生心病，如人有貪欲的念頭才會覺得自己貧窮。詩人在提醒世人念頭的起動需謹慎，不然容易受陷於欲海之中。

（四）丘井

根據《維摩詰經‧方便品》的記載，維摩詰居士以自己身體的病痛為緣由，開示、勸導前來探病的國王、大臣、居士、婆羅門等諸多眾人，告訴他們人的肉身不是堅固、不可依賴、不可久存、不是真實、不是潔淨等實在面，而是業報的聚集所、是各類疾病的衍生處、是五陰、十八界的組合地，終將進入衰敗枯朽，如汲盡泉水的枯井，居士勸告眾人不可將身體執滯為實有，應努力修持佛法，使自體法身能萌生，法身彰顯則萬疾立斷，《維摩詰經‧方便品》云：

> 維摩詰因以身疾，廣為說法：「諸仁者！是身無常無強，無力無堅。速朽之法，不可信也。為苦為惱，眾病所集。諸仁者，如此身，明智者所不怙。是身如聚沫，不可撮摩；是身如泡，不得久立；是身如炎，從渴愛生；是身如芭蕉，中無有堅；是身如幻，從顛倒起。……是身如丘井，為老所逼；是身無定，為要當死。是身如毒蛇、如怨賊、如空聚，陰界諸入所共合成。諸仁者！此可患厭，當樂佛身。所以者何？佛身者，即法身也。從無量功德智慧生，從戒、定、慧、解脫、解脫知見生，從慈、悲、喜、捨生，從布施、持戒、忍辱柔和、勤行精進、禪定解脫三昧、多聞智慧諸波羅蜜生，從方便生，從六通生，從三明生，從三十七道品生，從止觀生，從十力、四無所畏、十八不共法生，從斷一切不善法、集一切善法生，從真實生，從不放逸生，從如是無量清淨法生如來身。諸仁者！欲得佛身，斷一切眾生病者，當發阿耨多羅三藐三菩提心。」〔註14〕

王維在〈過沈居士山居哭之〉云：「逝川嗟爾命，丘井嘆吾身。」詩人哀挽沈居士的生命已如流水般逝去、不會再回頭，接著又哀傷自己

〔註14〕參見《大正藏》第十四冊，第 539 頁中～539 頁下。

如廢墟的空井，身體已逐漸衰殘凋朽、終歸滅亡，我能在此爲你悲傷的時日還有多久呢？詩人哀人亦傷己，情思悲切感人。

（五）是身如浮雲

杜甫在〈別贊上人〉中提到：「是身如浮雲，安可限南北。」「是身如浮雲」源出於《維摩詰經・方便品》：「是身如浮雲，須臾變滅。」〔註15〕維摩詰居士以身疾勸告來探病的王公百姓們，身體並非恆常不變、也非絕對堅固，如同變化無窮的浮雲，瞬息之間消散無蹤，緣至則聚、緣散即滅。杜甫受其影響，亦用此句經文勸勉贊上人切勿失志，身體雖然如同浮雲般無法自行決定落腳地，但修行的心志豈會因外在的變化而有所損益？筆者認爲詩人一方面在鼓勵贊上人，一面也在安慰自己這坎坷流離的一生。

（六）妙香

根據《維摩詰經・香積佛品》的記載，維摩詰居士問來自眾香國的菩薩，香積如來以什麼說法，眾菩薩回以香積如來不以語言文字說法，只以各種美妙的香氣使諸天人調整旁雜錯亂的心緒，使心平靜、漸合佛律規範，而菩薩們分別坐在香樹之下，聞此香樹所飄散的香氣，則均獲得甚深禪定的三昧智慧之德，能得此三昧慧德，就具備了菩薩圓滿行的所有功德。《維摩詰經・香積佛品》云：

> 爾時，維摩詰問眾香菩薩：「香積如來以何說法？」彼菩薩
> 曰：「我土如來，無文字說，但以眾香令諸天人得入律行。
> 菩薩各各坐香樹下，聞斯妙香，即獲一切德藏三昧。得是
> 三昧者，菩薩所有功德皆悉具足。」〔註16〕

杜甫在〈大雲寺贊公房四首〉其三中云：「燈影照無睡，心清聞妙香。」詩人提及佛寺中的燈火照著尚未入眠的自己，鼻子聞著寺院特有的肅靜香氛，頓時令混沌染污之己心得以淨盡，並復返原本的清淨佛心。

〔註15〕參見《大正藏》第十四冊，第 539 頁中。
〔註16〕參見《大正藏》第十四冊，第 552 頁下。

第二節　盛唐詩中的《妙法蓮華經》意涵

　　根據吳言生《禪宗思想淵源》的說法，《妙法蓮華經》是古來流
傳最廣的幾部佛經之一，他說：

> 《法華經》以大乘佛教般若理論爲基礎，集大乘思想之
> 大成，蘊含著極爲重要的佛學義理，主要有會通三乘方
> 便入一乘眞實思想、諸法性空無所執著的超越思想、人
> 人皆可成佛的佛性論思想等。……自從什譯本問世以
> 來，此經在中國一直盛行不衰，成爲古來流傳最廣的幾
> 部佛經之一。在總括歷朝佛門高僧的四部《高僧傳》所
> 列舉的講經、誦經者當中，以講、誦此經的人數最外；
> 在號稱佛法寶藏的敦煌寫經中，以此經所占的比重最
> 大；在歷史上因誦經而獲得神奇感應的故事中，以持誦
> 此經者最多；在所有的經典注解論疏中，也以對此經的
> 注疏爲最多。《妙法蓮華經》對中國文化影響之巨，由此
> 可見一斑。〔註17〕

龔賢在《佛典與南朝文學》中對《妙法蓮華經》的文學影響提出說明，
他說：

> 《妙法蓮華經》以其優美曉暢的譯文，給我國古代僧侶及
> 士子以深遠的影響。「法華七喻」另一文學價值，是它們頻
> 繁被歷代的文人學士當作典故來使用。如蕭衍的〈淨業賦〉
> 云：「逐逐無明，莫非煩惱；輪迴火宅，沉溺苦海。」；沈
> 約的《內典序》云：「苦樂翻回，愚智相襲，莫不火宅輪驚，
> 人壽颷遷。」……等等。唐代如王維、杜甫、白居易等也
> 屢將「法華七喻」入典。〔註18〕

孫昌武在《佛教與中國文學》中亦指出《妙法蓮華經》對文學的影響，
他說：

〔註17〕參見吳言生《禪宗思想淵源‧楞伽經與禪宗思想》，北京：中華書局，
　　　　2001 年 9 月版，頁 289～290。
〔註18〕參見龔賢《佛典與南朝文學》，南昌：江西人民出版社，2008 年 4 月
　　　　版，頁 109～110。

　　大乘佛教也很注意使用譬喻。大部經典中都巧妙地組織了
　許多譬喻故事。我們可以舉著名的《妙法蓮華經》簡稱《法
　華經》為例。該經中一再說到：「我以無數方便，種種因緣，
　譬喻言辭，演說佛法。」、「以諸因緣，無量譬喻，開示眾
　生，咸令歡喜。」善於運用譬喻造成了這部經典的強烈的
　文學性，成為它能廣為傳布、發揮影響的原因之一，也是
　它對中國文人和文學產生巨大影響的原因之一。……而《法
　華經》這七喻，是七個完整生動的故事。如「朽宅」、「化
　城」二喻，成為後來中國詩文中常用的事典。〔註19〕

由以上引文可知，《妙法蓮華經》用譬喻的修辭技巧闡明佛理，對中
國的文人及譬喻文學有深遠的影響，尤其是「法華七喻」替文人的詩
歌創作帶來豐富的意象，「法華七喻」分別是指火宅喻、窮子喻、藥
草喻、化城喻、衣珠喻、髻珠喻與醫子喻，在盛唐文人的詩作中，以
火宅、化城、衣珠、窮子等譬喻最常被引用，另外亦有經典教義被帶
入詩句中，以下試分節詳述如下：

法華七喻

一、窮子喻

　　根據《妙法蓮華經・信解品》的記載，須菩提等人在聆聽完世尊
講述一乘佛法之後，懺悔自己以前只樂修行小乘法、得有餘涅槃之
樂，卻不知修行一乘佛法，得致無餘涅槃之樂，如今深感法喜盈滿，
須菩提用一則譬喻故事來表達他們當時的感受。如有位富可敵國的富
人，他的兒子很小就離開父親、逃往別處生活、過著貧苦的日子，
多年來這位富人不斷在尋找兒子，有天竟被他發現，遂命人將他帶來，
但窮子懾於富人的威儀趕緊逃跑，卻在追逐的過程中暈倒，富人深知
窮子的心志窮薄，恐難一時承受彼此是父子關係，於是便放他離開，

〔註19〕參見孫昌武《佛教與中國文學》，台北：東華書局，1989年12月版，
　　　　頁21～22。

再派人游說他替他做清除穢物的工作，富人自己再扮成貧人模樣與窮子一起清除穢物，逐漸與窮 子建立良好互動、以兒子稱之，最後，在富人臨終之際，命窮子清點家產，此時窮子仍以爲自己只是家臣，對這些財寶沒有絲毫動心，富人再召請親族、國王、大臣、刹帝利等眾人，告知此窮子即爲自己的親生兒子，窮子聽完之後得到無限愉樂，生起本來沒想到得到什麼，如今竟有如此多的財富從天而降。此富人猶如世尊，而眾弟子即是窮子，聆聽一佛乘眞理如同窮子所獲珍寶般，眾弟子的內心均無比愉悅，誓將修行一佛乘。《妙法蓮華經‧信解品》云：

> 爾時，慧命須菩提、摩訶迦旃延、摩訶迦葉、摩訶目犍連，從佛所聞未曾有法，世尊授舍利弗阿耨多羅三藐三菩提記，發希有心，歡喜踊躍，即從座起，整衣服，偏袒右肩，右膝著地，一心合掌，曲躬恭敬，瞻仰尊顏，而白佛言：「我等居僧之首，年並朽邁，自謂已得涅槃，無所堪任，不復進求阿耨多羅三藐三菩提。世尊往昔說法既久，我時在座，身體疲懈，但念空、無相、無作，於菩薩法，遊戲神通，淨佛國土，成就眾生，心不喜樂。所以者何？世尊令我等出於三界，得涅槃證，又今我等年已朽邁，於佛教化菩薩阿耨多羅三藐三菩提，不生一念好樂之心，我等今於佛前，聞授聲聞阿耨多羅三藐三菩提記，心甚歡喜，得未曾有。不謂於今忽然得聞希有之法，深自慶幸獲大善利，無量珍寶，不求自得。」〔註20〕

> 世尊，我等今者樂說譬喻，以明斯義。譬若有人，年既幼稚，捨父逃逝，久住他國。或十、二十，至五十歲，年既長大，加復窮困，馳騁四方，以求衣食。漸漸遊行，遇向本國。其父先來，求子不得，中止一城。其家大富，財寶無量。……世尊，爾時，窮子傭賃展轉，遇到父舍，住立門側，遙見其父踞師子床，寶机承足，諸婆羅門、刹利、居，皆恭敬圍繞。以眞珠瓔珞價直千萬，莊嚴其身。窮子

〔註20〕參見《大正藏》第九冊，第 16 頁中。

見父，有大力勢，即懷恐怖，悔來至此。竊作是念：「此或是王，或是王等，非我傭力得物之處，不如往至貧里，肆力有地，衣食易得。若久住此，或見逼迫，強使我作。」作是念已，疾走而去。時富長者於師子座，見子便識，心大歡喜。即作是念：「我財物庫藏，今有所付。我常思念此子，無由見之，而忽自來，甚適我願，我雖年朽，猶故貪惜。」即遣傍人，急追將還。爾時，使者疾走往捉，窮子驚愕，稱怨大喚：「我不相犯，何為見捉？」使者執之愈急，強牽將還。于時窮子自念無罪而被囚執，此必定死，轉更惶怖，悶絕躃地。父遙見之，而語使言：「不須此人，勿強將來。」〔註21〕

爾時，長者將欲誘引其子，而設方便。密遣二人，形色憔悴、無威德者：「汝可詣彼，徐語窮子，此有作處，倍與汝直。窮子若許，將來使作。若言欲何所作，便可語之。雇汝除糞，我等二人，亦共汝作。」時二使人即求窮子，既已得之，具陳上事。爾時，窮子先取其價，尋與除糞。其父見子，愍而怪之。又以他日，於窗牖中，遙見子身羸瘦憔悴，糞土塵坌，污穢不淨。即脫瓔珞細軟上服，嚴飾之具，更著麤弊垢膩之衣，塵土坌身，右手執持除糞之器，狀有所畏，語諸作人：「汝等勤作，勿得懈息。」以方便故，得近其子。後復告言：「咄！男子，汝常此作，勿復餘去，當加汝價。諸有所須，盆器、米、麵、鹽醋之屬，莫自疑難。亦有老弊使人，須者相給。好自安意，我如汝父，勿復憂慮。所以者何？我年老大，而汝少壯，汝常作時，無有欺怠瞋恨怨言，都不見汝有此諸惡，如餘作人。自今已後，如所生子。」即時長者，更與作字，名之為兒。爾時，窮子雖欣此遇，猶故自謂客作賤人。由是之故，於二十年中常令除糞。過是已後，心相體信，入出無難，然其所止，猶在本處。〔註22〕

〔註21〕參見《大正藏》第九冊，第 16 頁中～17 頁上。
〔註22〕參見《大正藏》第九冊，第 17 頁上。

世尊，爾時長者有疾，自知將死不久，語窮子言：「我今多有金銀珍寶，倉庫盈溢，其中多少，所應取與，汝悉知之，我心如是，當體此意。所以者何？今我與汝，便爲不異，宜加用心，無令漏失。」爾時，窮子即受教敕，領知眾物，金銀珍寶及諸庫藏，而無悕取一餐之意。然其所止，故在本處，下劣之心，亦未能捨。復經少時，父知子意，漸已通泰，成就大志，自鄙先心。臨欲終時，而命其子，并會親族、國王、大臣、刹利、居士，皆悉已集，即自宣言：「諸君當知，此是我子，我之所生，於某城中捨吾逃走，伶俜辛苦，五十餘年。其本字某，我名某甲，昔在本城，懷憂推覓，忽於此間，遇會得之，此實我子，我實其父，今我所有一切財物，皆是子有，先所出內，是子所知。」世尊，是時窮子聞父此言，即大歡喜，得未曾有，而作是念：「我本無心有所希求，今此寶藏自然而至。」世尊，大富長者則是如來，我等皆似佛子。〔註23〕

王維在〈遊感化寺〉中云：「抖擻辭貧里，歸依宿化城。」詩人提及自己遊覽佛寺所感，因受佛氛影響，使自己振作精神、抖去煩惱執著，如同《妙法蓮華經》所提及的窮子離開貧民窟般，重新回到失散多年的父親身邊、找回自己的本源，我歸依於佛門，今夜住宿在感化寺；杜甫在〈山寺〉中提到：「窮子失淨處，高人憂禍胎。」窮子本是富家之子，但因自小走失而流落外地，並貧困度日，失去他原本在富家生活時的清淨而身處污穢，從另一角度來說，萬物若失去了他原本該有的身份與作為，一切將會產生大混亂，杜甫在詩中勸勉章留後，宗教雖可讓心靈安祥，但若太過，將使兵將們失卻本有的戰技體能，一切只求神佛護佑，如此的後果將無法設想，不如將此奉佛之心用來訓練體恤眾將士，能擁有高瞻遠矚的德者，應懷憂懼戒慎，凡事三思再行。

〔註23〕參見《大正藏》第九冊，第 17 頁上～17 頁中。

二、化城喻

　　根據《妙法蓮華經・化城喻品》的記載，世尊言明自己是大通智勝如來出家前所生的十六位王子之一，在經過無數劫的修行之後，如今十六位王子均已各各成就無上正等正覺。世尊又提及為讓聲聞、圓覺從小乘修行到大乘法，常會為他們講述有餘涅槃，透過簡易的個人解脫法再引入無餘涅槃，世尊舉例有一條非常長的道路，路上險阻重重、曠野荒蕪、罕有人煙，有群人想通過此處到達藏有眾多珍寶之地，其中的領航者是位聰穎了道者，在大家都疲憊不堪、心情低落甚至想放棄尋寶之路，就此往回走時，此領航者幻化出一座城市，安撫眾人前有一城可供休息，暫時不用擔心路上讓人害怕的險阻，眾人無不歡欣鼓舞、稍解疲勞，等到眾人都休息夠了，此領航者即將幻化之城解除、再引領眾人前往尋寶之路，告知大家這城只是我幻化出來的，此地並非終點。此化城喻的重點在於世尊為免眾生懼於成佛之路的遙遠，故且說小乘等較易達成的佛法，然而這些二乘法並無法讓人成就無上菩提，只是讓人在路途中稍微休息而已，唯有再進一步求取一乘佛法方能達至佛果。換句話說，小乘法即如化城，只是短暫的虛幻、切不可執著，大乘法才是真實。《妙法蓮華經・化城喻品》云：

> 諸比丘，我今語汝：「彼佛弟子十六沙彌，今皆得阿耨多羅三藐三菩提，於十方國土現在說法，有無量百千萬億菩薩、聲聞以為眷屬。其二沙彌，東方作佛。……第十六我釋迦牟尼佛，於娑婆國土成阿耨多羅三藐三菩提。」「諸比丘，我等為沙彌時，各各教化無量百千萬億恒河沙等眾生，從我聞法，為阿耨多羅三藐三菩提。此諸眾生，于今有住聲聞地者，我常教化阿耨多羅三藐三菩提，是諸人等，應以是法漸入佛道。所以者何？如來智慧難信難解。爾時所化無量恒河沙等眾生者，汝等諸比丘，及我滅度後，未來世中聲聞弟子是也。我滅度後，復有弟子不聞是經，不知不覺菩薩所行，自於所得功德生滅度想，當入涅槃。我於餘

國作佛，更有異名。是人雖生滅度之想，入於涅槃，而於彼土求佛智慧，得聞是經。唯以佛乘而得滅度，更無餘乘，除諸如來方便說法。諸比丘，若如來自知涅槃時到，眾又清淨，信解堅固，了達空法，深入禪定，便集諸菩薩及聲聞眾，爲說是經。世間無有二乘而得滅度，唯一佛乘得滅度耳。」〔註24〕

「比丘當知，如來方便，深入眾生之性，知其志樂小法，深著五欲，爲是等故，說於涅槃，是人若聞，則便信受。譬如五百由旬險難惡道，曠絕無人，怖畏之處，若有多眾欲過此道，至珍寶處。有一導師，聰慧明達，善知險道通塞之相，將導眾人欲過此難。所將人眾，中路懈退，白導師言：『我等疲極，而復怖畏，不能復進，前路猶遠，今欲退還。』導師多諸方便，而作是念：『此等可愍！云何捨大珍寶而欲退還。』作是念已，以方便力，於險道中過三百由旬，化作一城。告眾人言：『汝等勿怖，莫得退還。今此大城，可於中止，隨意所作。若入是城，快得安隱。若能前至寶所，亦可得去。』是時，疲極之眾，心大歡喜，歎未曾有：『我等今者免斯惡道，快得安隱。』於是眾人前入化城，生已度想，生安隱想。爾時導師知此人眾既得止息，無復疲倦，即滅化城，語眾人言：『汝等去來，寶處在近。向者大城，我所化作，爲止息耳。』」〔註25〕

「諸比丘，如來亦復如是。今爲汝等作大導師。知諸生死煩惱惡道險難長遠，應去應度。若眾生但聞一佛乘者，則不欲見佛，不欲親近，便作是念：『佛道長遠，久受勤苦，乃可得成。』佛知是心怯弱下劣，以方便力，而於中道爲止息故，說二涅槃。若眾生住於二地，如來爾時即便爲說：『汝等所作未辦，汝所住地，近於佛慧，當觀察籌量所得涅槃，非眞實也，但是如來方便之力，於一佛乘分別說三。』如彼導師爲止息故，化作大城，既知息已，而告之言：『寶

〔註24〕參見《大正藏》第九冊，第25頁中～25頁下。
〔註25〕參見《大正藏》第九冊，第25頁下～26頁上。

　　　　處在近，此城非實，我化作耳。』」〔註26〕

「化城」指一時幻化的城郭。佛教以此比喻小乘境，佛欲使眾生都得
到大乘佛地，然又恐眾生畏難，故先說小乘法，猶如化城，眾生中途
暫得止息，然後再進而求取真正佛果，後來泛指佛寺。王維在〈登辨
覺寺〉中云：「竹徑連初地，蓮峰出化城。」詩中描繪登佛寺的感觸，
在一片竹林地上的小路，它一直延伸到層層階梯，詩人拾級而上，心
中體悟到修習佛法亦需從最初的地方開始，在登臨的過程中，王維忽
見蓮花峰有佛寺顯現，猶如《法華經》中佛陀所變現的城廓一般，讓
人安心、得以身心憩息。王維在〈與蘇盧二員外期遊方丈寺而蘇不至
因有是作〉中云：「聞道邀同舍，相期宿化城。」詩人遊覽佛寺，欲
邀蘇盧二員外共同至佛寺體悟佛家之道，而且還要夜宿佛寺體會另一
種佛法氛圍。王維在〈遊感化寺〉中去：「抖擻辭貧里，歸依宿化城。」
詩人提及自己遊覽佛寺所感，因受佛氛影響，使自己精神振作、抖去
煩惱與執著，如同窮子離開貧民窟般，我嚮往歸依佛門，今天就住在
感化寺。

　　孟浩然在〈陪張丞相祠紫蓋山述經玉泉寺〉中云：「五馬尋歸路，
雙林指化城。」詩中以雙林借指休憩地，以《法華經》中的化城喻借
指玉泉寺，是慰勞、給予眾人於旅途中的短暫休憩之所；李白在〈陪
族叔當塗宰遊化城寺升公清風亭〉中云：「化城若化出，金牓天宮開。」
詩人讚賞化城寺的建築構造似乎不是人間所存有、不是人力所與造，
而是佛陀用佛法所幻化出來的佛國殿宇，其寺懸有金牓猶如佛土的天
宮；崔顥在〈贈懷一上人〉中云：「因心得化城，隨病皆與藥。」詩
人指出人的內心均有一座想安逸度日的欲求，但這是修行的大忌，欲
得無上般若智慧需實修實行，因此上人會針對每人不同的著滯而給予
相應的提點、指引，使其能暫在化城休憩、省覺，後再從欲望的化城
走出、再精進於佛徑；綦毋潛在〈登天竺寺〉中云：「郡有化城最，
西窮疊嶂深。」詩人描述登天竺寺所感，提及此寺的地理位置是郡縣

〔註26〕參見《大正藏》第九冊，第 26 頁上。

中最高的佛寺，地處重重相疊的山峰深谿中，即以化城比喻天竺寺；李嘉祐在〈故燕國相公挽歌二首〉中云：「大夢依禪定，高墳共化城。」詩人提及燕國相公依於禪定修行而醒覺人生眞諦，今日燕國相公那高而隆起的墳墓，正與佛寺並存於一地，亦可解爲其墳依生前所願，拱望著佛寺的方向而建造。

三、一乘法

　　根據《妙法蓮華經‧方便品》的記載，世尊爲使各種根基、佛緣不同的眾生能脫離苦海、並進入涅槃解脫妙法，不得不將一乘法以方便法門解爲聲聞、緣覺、菩薩等三乘法，三乘法的本源即是一乘法，透過因緣法、譬喻句等爲眾生說法，這些三乘法都是爲了讓眾生獲得一乘法的暫時舉措，佛陀經中強調不可執著三乘，更叮囑舍利弗要全心全意信奉一乘法，因爲並沒有其餘三乘法，只有一佛乘法，亦只有一乘法才能到達彼岸。《妙法蓮華經‧方便品》云：

> 佛告舍利弗：「如是妙法，諸佛如來時乃說之，如優曇缽華，時一現耳。舍利弗，汝等當信佛之所說，言不虛妄。舍利弗，諸佛隨宜說法，意趣難解，所以者何？我以無數方便，種種因緣、譬喻言辭，演說諸法。」〔註27〕

> 佛告舍利弗：「諸佛如來但教化菩薩，諸有所作，常爲一事，唯以佛之知見示悟眾生。舍利弗，如來但以一佛乘故，爲眾生說法，無有餘乘，若二若三。舍利弗，一切十方諸佛，法亦如是。舍利弗，過去諸佛，以無量無數方便，種種因緣、譬喻言辭，而爲眾生演說諸法，是法皆爲一佛乘故，是諸眾生從諸佛聞法，究竟皆得一切種智。舍利弗，未來諸佛當出於世，亦以無量無數方便，種種因緣、譬喻言辭，而爲眾生演說諸法，是法皆爲一佛乘故，是諸眾生從佛聞法，究竟皆得一切種智。舍利弗，現在十方無量百千萬億佛土中，諸佛世尊，多所饒益，安樂眾生。是諸佛亦以無

〔註27〕參見《大正藏》第九冊，第 7 頁上。

量無數方便，種種因緣、譬喻言辭，而爲眾生演説諸法，
是法皆爲一佛乘故，是諸眾生從佛聞法，究竟皆得一切種
智。舍利弗，是諸佛但教化菩薩，欲以佛之知見示眾生故，
欲以佛之知見悟眾生故，欲令眾生入佛之知見故，舍利弗，
我今亦復如是。知諸眾生有種種欲，深心所著，隨其本性，
以種種因緣、譬喻言辭、方便力，而爲説法。舍利弗，如
此皆爲得一佛乘、一切種智故。舍利弗，十方世界中尚無
二乘，何況有三！……舍利弗，汝等當一心信解，受持佛
語。諸佛如來，言無虛妄，無有餘乘，唯一佛乘。」〔註28〕

「一佛乘」即是引導教化眾生成佛的唯一方法與途徑，《法華經》首
倡此說。乘，指車乘，喻能載人至涅槃之境。王維在〈與胡居士皆病
寄此詩兼示學人二首〉中云：「無乘及乘者，所謂智人舟。」這兩句
話是詩人的佛法體悟，當眾生已沒有妄念、邪見、執著時，世尊所說
之法即無分三乘，惟有一乘，此時就沒有所謂的三乘區別，也因此在
航向彼岸的法舟上，只有一乘法的乘者，能得一佛乘的聖智者，自然
所乘之船不僅是解脫塵俗之船，更是到達涅槃地的智慧之舟；岑參在
〈送青龍招提歸一上人遠遊吳楚別詩〉中云：「棄官向二年，削髮歸
一乘。」詩中言及歸一上人棄官兩年後，即削髮進入佛門，立愿歸向
能渡人進入無餘涅槃的一佛乘。岑參在〈出關經華岳寺訪法華雲公〉
中云：「欲去戀雙樹，何由窮一乘。」詩人對雲公仰慕已久，對微妙
之佛法亦相當傾心，在此或是自問，也或許是在請示雲公如何才能修
至一乘法，窮盡世尊佛法之精要，得到無上甚深解脫法門；皇甫曾在
〈送普上人還陽羨〉中云：「何用求方便，看心是一乘。」指出佛教
爲因應不同環境、階層的人們，而有各種不同的方便法門，但詩人在
此認爲不論何種法門，當我們只要徹悟到己心與佛心本爲一源後，自
此從心做起、修起，謹愼每一個心念，自然能與佛心相契印，如此則
終歸大乘佛法，得其至高無上的一乘妙法。

〔註28〕參見《大正藏》第九冊，第 7 頁上～7 頁下。

四、三車

　　根據《妙法蓮華經・方便品》的記載,世尊用一則故事對舍利弗說明,三乘只是權宜說法,終究要修行一佛乘,方能進入無餘涅槃。世尊說有一個國家的聚落裡,有位身家萬貫的老人,奴僕眾多、子女數十多人,某天屋外四周起火,家中僅有一門可供出入,老人心急如焚,本想靠自己的力量抱、拉他們出去,但唯恐尚年幼的子女掙脫,會掉入火中,於是就大喊失火要子女趕快出去,但子女並不知道火災的可怕,只顧著玩耍,完全不理會老人的呼喚,此時老人心生一計,用一個權宜善巧的方法,知道他們各自喜好不同的玩具、珍奇的寶物,就在門口大聲告訴子女們:「門外有許多奇妙的玩具與難得一見的寶物,它們現在都放在門外的羊車、鹿車與牛車上,不出來看一定會後悔。」果真子女們受到吸引而紛紛跑出屋外,老人看到子女們都跑出來後才鬆了口氣,但子女們卻開始要求剛剛所答應給他們的羊車、鹿車與牛車,此時老人給予每位子女一輛由大白牛所載運、裝滿各種寶物的大車,大白牛體力強健、奔走如風,還有僕從在旁守護,子女們各自乘上大白牛車,心中充滿無限喜悅,這比他們想像中的羊車、鹿車與牛車還要好。《妙法蓮華經・方便品》云:

> 爾時,佛告舍利弗:「我先不言,諸佛世尊以種種因緣、譬喻言辭、方便說法,皆爲阿耨多羅三藐三菩提耶。是諸所說,皆爲化菩薩故。然舍利弗,今當復以譬喻更明此義。諸有智者,以譬喻得解。」「舍利弗,若國邑聚落,有大長者,其年衰邁,財富無量,多有田宅,及諸僮僕。其家廣大,唯有一門,多諸人眾,一百、二百,乃至五百人,止住其中。堂閣朽故,牆壁隤落,柱根腐敗,梁棟傾危。周匝俱時欻然火起,焚燒舍宅。長者諸子,若十、二十,或至三十,在此宅中。長者見是大火從四面起,即大驚怖,而作是念:『我雖能於此所燒之門,安隱得出,而諸子等,於火宅內,樂著嬉戲,不覺不知,不驚不怖,火來逼身,

苦痛切己，心不厭患，無求出意。』舍利弗，是長者作是
思惟：『我身手有力，當以衣裓，若以机案，從舍出之。』
復更思惟：『是舍唯有一門，而復狹小，諸子幼稚，未有所
識，戀著戲處，或當墮落，為火所燒。我當為說怖畏之事，
此舍已燒，宜時疾出，無令為火之所燒害。』作是念已，
如所思惟，具告諸子：『汝等速出。』父雖憐愍，善言誘喻，
而諸子等樂著嬉戲，不肯信受。不驚不畏，了無出心。亦
復不知何者是火，何者為舍，云何為失，但東西走戲，視
父而已。」〔註29〕

「爾時，長者即作是念：『此舍已為大火所燒，我及諸子，
若不時出，必為所焚。我今當設方便，令諸子等得免斯害。』
父知諸子，先心各有所好，種種珍玩奇異之物，情必樂著。
而告之言：『汝等所可玩好，希有難得，汝若不取，後必憂
悔。如此種種羊車、鹿車、牛車，今在門外，可以遊戲。
汝等於此火宅，宜速出來，隨汝所欲，皆當與汝。』爾時，
諸子聞父所說珍玩之物，適其願故，心各勇銳，互相推排，
競共馳走，爭出火宅。是時，長者見諸子等安隱得出，皆
於四衢道中，露地而坐，無復障礙，其心泰然，歡喜踊躍。
時諸子等各白父言：『父先所許玩好之具，羊車、鹿車、牛
車，願時賜與。』。」〔註30〕

舍利弗，爾時長者各賜諸子等一大車，其車高廣，眾寶莊
校，周匝欄楯，四面懸鈴，又於其上，張設幰蓋，亦以珍
奇雜寶而嚴飾之，寶繩絞絡，垂諸華纓，重敷綩綖，安置
丹枕。駕以白牛，膚色充潔，形體姝好，有大筋力，行步
平正，其疾如風。又多僕從，而侍衛之。所以者何？是大
長者財富無量，種種諸藏，悉皆充溢。而作是念：『我財物
無極，不應以下劣小車與諸子等，今此幼童，皆是吾子，
愛無偏黨，我有如是七寶大車，其數無量，應當等心，各
各與之，不宜差別。所以者何？以我此物，周給一國，猶

〔註29〕參見《大正藏》第九冊，第 12 頁中～12 頁下。
〔註30〕參見《大正藏》第九冊，第 12 頁下。

尚不匱，何況諸子！』是時，諸子各乘大車，得未曾有，
非本所望。〔註31〕

「三車」，即喻三乘。謂以羊車喻聲聞乘，以鹿車喻緣覺乘，以牛車
喻菩薩乘。這些都只是世尊順應各人因緣所說的權宜法，暫以各人的
喜好吸引，如老人以三車上的珍玩引起眾子女們的好奇，最後的目的
仍是希望眾人能坐上大白牛車，得到真正的一乘法，因為這才是世尊
所要給予、帶領我們能得涅槃之樂的解脫法。後來文人受此影響，常
以三車為喻，如杜甫在〈上兜率寺〉中提到：「庾信哀雖久，周顗好
不忘。白牛車遠近，且欲上慈航。」〔註32〕杜甫在詩中亦借此傳達自
己想求得一乘的解脫之法，此詩作於廣德元年，詩人已五十二歲，自
喻如庾信般已「哀」甚久，此「哀」字隱喻自己一生的流離，或許已
勘透人生，也或許在嘲諷人生，趁此遊兜率寺之際，油然萌生求佛法
之超昇；岑參在〈赴嘉州過城固縣尋永安超禪師房〉中云：「門外不
須催五馬，林中且聽演三車。」此詩是詩人赴嘉州就任的途中所作，
雖然皇命在身、赴任在急，但在永安寺內不需如寺外般，頻頻催促著
赴任所的腳步，在禪林中只需靜靜聆聽僧人演說三車妙法，外在世間
紛亂均止於此處；李白在〈僧伽歌〉中云：「真僧法號號僧伽，有時
與我論三車。」詩人提及有位法號僧伽的僧人，有時會與我討論《法
華經》中關於羊車、鹿車與牛車的不同權宜之佛法；張謂在〈送僧〉
中云：「殷勤結香火，來世上牛車。」詩人自我表白，自己已與僧人
訂下契約，今後要努力修行，來世一起進入無上涅槃法門，共登彼岸，
此詩亦可解為僧人與世尊立下努力修行之願，期盼來世登上無餘涅
槃。

五、寶塔喻

根據《妙法蓮華經・見寶塔品》的記載，釋迦牟尼在說明護持、
誦讚《法華經》所得到的諸多殊勝後，佛座前忽然昇起一座高聳的七

〔註31〕參見《大正藏》第九冊，第 12 頁下～13 頁上。
〔註32〕《杜詩詳注》，頁 992。

寶佛塔，寶塔周身充滿金、銀、琉璃、車碟、馬腦、眞珠、玫瑰等奇珍寶玉的裝飾，塔中傳出讚頌釋迦牟尼講說《法華經》的德行聲語。釋迦牟尼隨後告知眾人，這是無數劫以前便滅渡的多寶佛，多寶佛在修習菩薩位時，曾立下誓願，在其成佛、滅度後，若有人宣說《法華經》時，供奉多寶佛全身舍利的寶塔即會湧現在他面前，並發出讚嘆之聲，世尊座前湧出七寶佛塔即此因由。《妙法蓮華經·見寶塔品》云：

爾時，佛前有七寶塔，高五百由旬，縱廣二百五十由旬，從地踊出，住在空中，種種寶物而莊校之。五千欄楯，龕室千萬，無數幢幡以爲嚴飾，垂寶瓔珞，寶鈴萬億而懸其上。四面皆出多摩羅跋、栴檀之香，充遍世界。其諸幡蓋，以金、銀、琉璃、車碟、馬腦、眞珠、玫瑰七寶合成，高至四天王宮。三十三天雨天曼陀羅華，供養寶塔。餘諸天、龍、夜叉、乾闥婆、阿修羅、迦樓羅、緊那羅、摩睺羅伽、人非人等，千萬億眾，以一切華、香、瓔珞、幡蓋、伎樂供養寶塔。恭敬尊重讚歎。〔註33〕

爾時，寶塔中出大音聲，歎言：「善哉，善哉。釋迦牟尼世尊能以平等大慧教菩薩法，佛所護念《妙法華經》爲大眾，如是如是。釋迦牟尼世尊，如所說者，皆是眞實。」爾時，四眾見大寶塔住在空中，又聞塔中所出音聲，皆得法喜，怪未曾有，從座而起，恭敬合掌，卻住一面。爾時，有菩薩摩訶薩，名大樂說，知一切世間天、人、阿修羅等心之所疑，而白佛言：「世尊，以何因緣，有此寶塔從地踊出，又於其中發是音聲？」爾時，佛告大樂說菩薩：「此寶塔中有如來全身，乃往過去東方無量千萬億阿僧祇世界，國名寶淨，彼中有佛，號曰多寶。其佛行菩薩道時，作大誓願：『若我成佛，滅度之後，於十方國土，有說《法華經》處，我之塔廟爲聽是經故，踊現其前，爲作證明，讚言善哉。』彼佛成道已，臨滅度時，於天、人大眾中，告諸比丘：『我

〔註33〕參見《大正藏》第九冊，第32頁中。

滅度後，欲供養我全身者，應起一大塔。』其佛以神通願
力，十方世界，在在處處，若有說《法華經》者，彼之寶
塔皆踊出其前，全身在於塔中，讚言：『善哉，善哉。』大
樂說，今多寶如來塔聞說《法華經》，故從地踊出，讚言：
『善哉，善哉。』」〔註34〕

岑參在〈與高適薛據同登慈恩寺塔〉中云：「塔勢如湧出，孤高聳天
宮。」詩人在此描述慈恩寺塔的建築，如同《法華經》中的多寶塔般
突兀出現在大地上，而且雄偉壯觀非凡，塔勢孤聳矗立彷彿可以直入
天宮。這是岑參在讚揚慈恩寺塔猶如多寶塔的莊嚴殊勝。在〈登千福
寺楚金禪師法華院多寶塔〉中云：「多寶滅已久，《蓮華》付吾師。寶
塔凌太虛，忽如湧出時。」這是詩人登楚金禪師所建多寶塔時所感，
詩人指出多寶如來滅度已久，只餘傳說中的多寶塔存其全身舍利，楚
金禪師曾誦讀《法華經》時見多寶塔湧出地面，認爲多寶如來要他宣
揚《法華經》之不可思議的靈應，他也立下願力要建設一座多寶塔。
岑參見此塔高聳入雲天，其塔勢猶如多寶塔突兀從地面湧出般矗立於
大地之上。

六、童聚沙成佛塔

根據《妙法蓮華經・方便品》的記載，釋迦牟尼說若有人敬佛、
禮佛，不論他是用寶玉黃金裝飾佛殿、佛身或是石木等建材構建佛
殿，甚至是孩童遊戲時用泥土、沙礫所堆積而成的佛塔，這些人將來
都會成佛，《妙法蓮華經・方便品》云：

若有眾生類，值諸過去佛，若聞法布施，或持戒忍辱，精
進禪智等，種種修福慧，如是諸人等，皆已成佛道，……
若於曠野中，積土成佛廟，乃至童子戲，聚沙爲佛塔，如
是諸人等，皆已成佛道。〔註35〕

世尊在此強調只要心中有佛、誠虔奉佛，不論以何種方式表達，將來

〔註34〕參見《大正藏》第九冊，第 32 頁中～32 頁下。
〔註35〕參見《大正藏》第九冊，第 8 頁下。

都會成佛。孟浩然在〈登總持浮圖〉中云：「累劫從初地，爲童憶聚沙。」孟浩然〈登總持浮圖〉中闡述自己登上佛塔的感觸，無論世界生滅幾次、時間有多遠，對於修行而言，一切均得由發初心、立初地開始，猶如行走這佛塔的階梯，從下而上才能到達最高處，詩人登上佛塔向外遙視，憶起《法華經》中童子因聚沙成佛塔之因緣而成道的典故，雖然成佛並不容易，但一步一腳印，心中有佛、外行佛道、終將成佛；儲光義在〈京口題崇上人山亭〉中云：「金沙童子戲，香飯諸天食。」詩人指出《法華經》記載童子聚沙成佛塔，後來因童子們爲護沙塔而被水沖走亡身，佛陀印證此些童子已成道升兜率天的故事，而《維摩經》則記載維摩詰居士至香積國，求得香積如來的香飯，並將此鉢香飯施予眾天神與諸天大眾，這兩個故事均是大乘菩薩的行道精神，只要心中存佛、敬佛，外行佛法渡化眾生，即成佛道。

七、墨點三千界

　　根據《妙法蓮華經‧化城喻品》的記載，釋迦牟尼說大通智勝如來已經滅度相當久的時間，如以三千大千世界的泥土磨成墨，向東方而行，每經千佛之地才滴下一滴墨水，如此輾轉而行，這些佛地的數量大到無法算數，而大通智勝如來滅度的時間距離現今比這個無法算數的數量還要多，《妙法蓮華經‧化城喻品》云：

> 佛告諸比丘：「乃往過去無量無邊不可思議阿僧祇劫，爾時有佛，名大通智勝如來、應供、正遍知、明行足、善逝、世間解、無上士、調御丈夫、天人師、佛、世尊。其國名好成，劫名大相。諸比丘，彼佛滅度已來，甚大久遠，譬如三千大千世界所有地種，假使有人磨以爲墨，過於東方千國土，乃下一點，大如微塵；又過千國土，復下一點，如是展轉，盡地種墨，於汝等意云何？是諸國土，若算師，若算師弟子，能得邊際，知其數不？」「不也，世尊。」「諸比丘，是人所經國土，若點不點，盡末爲塵，一塵一劫，彼佛滅度已來，復過是數無量無邊百千萬億阿僧祇劫。我

以如來知見力故，觀彼久遠，猶若今日。」〔註36〕

世尊以墨點三千界指稱時間久遠。王維在〈和宋中丞夏日遊福賢觀天長寺之作〉中云：「墨點三千界，丹飛六一泥。」詩人指出若修行者能逐步增加自己的德行、修行佛法，累世的長時間積聚，將有成佛的時候，如道士修練丹丸般需經長時間的不斷煉製，服食後即能羽化成仙一樣。

第三節　盛唐詩中的《彌勒下生經》意涵

《彌勒下生經》是彌勒信仰的重要佛典之一，釋迦牟尼爲彌勒菩薩受記，將來當繼承釋迦牟尼的佛位，彌勒菩薩入滅後將轉生於兜率天內院，經五十六億七千年，彌勒自兜率天下生閻浮提，在龍華樹下成佛，向天人說法。《彌勒下生經》在講述彌勒下生成佛時之國土，時節，種族，出家，成道，轉法輪等事。《彌勒下生經》云：

> 爾時，彌勒菩薩於兜率天，觀察父母不老不少，便降神下應從右脅生，如我今日右脅生無異，彌勒菩薩亦復如是。兜率諸天各各唱令：「彌勒菩薩已降神生。是時修梵摩即與子立字。名曰彌勒。」彌勒菩薩有三十二相、八十種好，莊嚴其身身黃金色，爾時，人壽極長無有諸患，皆壽八萬四千歲，女人年五百歲然後出嫡，爾時，彌勒在家未經幾時，便當出家學道，爾時，去翅頭城不遠有道樹，名曰龍花，高一由旬廣五百步，時彌勒菩薩坐彼樹下，成無上道果，當其夜半彌勒出家，即於其夜成無上道。時三千大千刹土六返震動，地神各各相告曰：「今時彌勒已成佛。」轉至聞四天王宮，彌勒已成佛道。轉轉聞徹三十三天、豔天、兜率天、化自在天、他化自在天，聲聞展轉至梵天，彌勒已成佛道，爾時魔王名大將，以法治化，聞如來名音響之聲，歡喜踊躍不能自勝，七日七夜不眠不寐，是時，魔王

〔註36〕參見《大正藏》第九冊，第22頁上～22頁中。

將欲界無數天人至彌勒佛所，恭敬禮拜。〔註37〕

爾時，彌勒漸與說法微妙之論，所謂論者，施論戒論生天之論，欲不淨想出要爲妙，爾時，彌勒見諸人民心開意解，如諸佛世尊常所說法，苦習盡道與諸人民廣分別義，爾時，座上八萬四千人，諸塵垢盡得法眼淨。是時，善財與八萬四千人等，即前白佛，求索出家善修梵行，盡成阿羅漢道。

爾時，彌勒初會八萬四千人得阿羅漢，是時蠰佉王，聞彌勒已成佛道，便往至佛所欲得聞法，時彌勒佛與王說法，初善中善竟善義理深邃。爾時，大王復於異時立太子爲王，賜剃頭師珍寶，復以雜寶與諸梵志，將八萬四千眾往至佛所求作沙門，盡成道果得阿羅漢。〔註38〕

彌勒如來當壽八萬四千歲，般涅槃後，遺法當在八萬四千歲，所以然者，爾時眾生皆是利根，其有善男子、善女人，欲得見彌勒佛及三會聲聞眾及翅頭城，及見蠰佉王并四大藏珍寶者，欲食自然粳米者，并著自然衣裳，身壞命終生天上者。彼善男子、善女人，當勤加精進無生懈怠，亦當供養承事諸法師，名花、擣香種種供養，無令有失。如是阿難，當作是學，爾時阿難及諸大會，聞佛所說歡喜奉行。〔註39〕

盛唐詩人深究佛典，故對此典故亦有涉獵，在詩句中融入以表己意，如孟浩然在〈臘八日於郯縣石城寺禮拜〉中云：「下生彌勒見，迴向一心歸。」詩人指出石城寺的石壁有彌勒佛雕像，詩人當下禮拜並立下誓願，從今爾後願皈依佛法，並一心修持佛法，等待彌勒下生之時，共登彌勒淨土；郎士元在〈雙林寺謁傅大士〉中云：「猶憐下生日，應在一微塵。」詩人憐惜傳說是彌勒佛轉世的傅大士，若如《彌勒下生經》的記載，彌勒將從兜率天下降人間並成佛，傅大士當再乘願而至人間降生，想必那時應該也和今生相同低調，出生於無數空間中的憶萬眾生中之一員吧！

〔註37〕參見《大正藏》第十四冊，第 421 頁下。
〔註38〕參見《大正藏》第十四冊，第 422 頁上。
〔註39〕參見《大正藏》第十四冊，第 423 頁中。

第四節　盛唐詩中的《楞伽經》意涵

根據吳言生的《禪宗思想淵源》中指出：

> 《楞伽經》是結合如來藏思想與阿賴耶識思想的經典。全書反復強調，無始以來的習氣造成了人們的沉迷，使人們不能了知諸法實際上是自心的顯現。如果能夠徹悟三界唯心，萬法唯識，舍離能取、所取的對立，就可臻于無所分別的解脫境界。〔註40〕

賴永海在《楞伽經》一書中指出此經思想大要有數點，條列如下：

> （一）統合大乘佛教的空、有二宗：此經一方面反復論述世間萬有、一切諸法、種種名相，都是假名安立，如夢、如幻、如乾闥婆城，是人們妄想分別的結果，教導人們要遠離有無、斷常等虛妄分別見。另一方面，此經又一再指出，所謂如夢、如幻，絕非一無所有，認為如果視諸法如夢、如幻為一無所有，那就會陷入外道的斷滅之見。
>
> （二）把「如來藏」與「阿賴耶識」也巧妙地統一起來。……在《楞伽經》中，不論「真如」、「如來藏」還是「阿賴耶識」都被糅合在一起了。
>
> （三）《楞伽經》還有一個重要特點，就是融會性相：《楞伽經》在這個問題上充當了一個「調和者」的角色，由於它既講空又講不空，統合了「空」與「有」，既講「如來藏」，又談「阿賴耶識」，把「如來藏」與「阿賴耶識」統一起來，這樣，性之與相在《楞伽經》中被融匯貫通起來了。〔註41〕

賴永海在總結中指出：「在中國佛教中，它既是『法相唯識宗』依據的經典之一，同時也是禪宗初祖達摩傳付慧可的重要經典，其對中國佛教的影響可見一斑。」〔註42〕盛唐詩人對《楞伽經》是禪宗祖師相

〔註40〕參見吳言生《禪宗思想淵源》，北京：中華書局，2001年9月版，頁1。

〔註41〕參見賴永海《楞伽經》，臺北：佛光文化，2000年11版，頁5～8。

〔註42〕參見賴永海《楞伽經》，臺北：佛光文化，2000年11版，頁12。

傳的佛典亦有所瞭解，故在詩句中置入《楞伽經》的意涵，如岑參在
〈太白胡僧歌〉中云：「聞有胡僧在太白，蘭若去天三百尺。一持《楞
伽》入中峰，世人難見但聞鐘。」詩中提及在太白山上有位西域來的
僧人，其所居寺院距離三界諸天僅有三百尺之遙，形容其深居潛行，
旁人尋找不易。據聞在深山中看過他的人都說他隨身持拿一本《楞伽
經》，想要入山尋其蹤跡並不容易，但卻可在山徑中聽聞所居寺廟的
鐘磬聲。岑參在〈偃師東與韓樽同詣景雲暉上人即事〉中云：「山陰
老僧解《楞伽》，穎陽歸客遠相過。」詩人提及在山的北邊，有位景
雲寺的老僧人，對《楞伽經》的理解深入透徹，我這從穎陽來的歸客，
正欲前往拜訪這位老僧。

第五節　盛唐詩中的《般若波羅蜜多心經》意涵

　　根據李開濟的《般若波羅蜜多心經研究》中指出，此經的價值在
於：

> 《心經》指出《大般若經》的旨趣——空，無論《大般若
> 經》或是《小般若經》，同說一切萬法皆空；這是整部般若
> 經的一貫思想，也是佛法的根本所在。經典中強調般若是
> 諸佛母，必由般若而體悟空理，研究大乘經典，得先明瞭
> 「般若」的意蘊。〔註43〕

根據吳言生的《禪宗思想淵源》中指出：

> 《心經》是佛法的綱領。整個佛法以大乘佛法為中心，大
> 乘佛法以般若類經典為中心，般若類經典又以此經為中
> 心，所以名為「心經」。「心」是比喻《心經》在佛法中的
> 中心地位和中心作用，比喻此經是《大般若經》、一切般若
> 法門乃至整個佛法的主體和中心。……《心經》般若空觀
> 深邃澄明的般若之光，映照著睿智靈動的禪悟智慧。其五
> 蘊皆空、色空相即、諸法空相、了無所得的般若空觀，深

〔註43〕參見李開濟《般若波羅蜜多心經研究》，臺北：文津出版社，1998年
　　　　8月版，頁13。

刻影響了禪宗破除五蘊執著、圓融眞空妙有、體證澄明自
行、徹見本來面目的思想內涵、思維方式。〔註44〕

李白在〈僧伽歌〉中指出：「意清淨，貌稜稜，亦不增，亦不減。」
詩人在稱讚僧伽的修爲已至心清意淨的境界，因其本心清淨，故相由
心生，其面貌更顯莊嚴肅離，對於佛法的體悟與傳法的講演，其秉持
《般若波羅蜜多心經》中所言：

> 觀自在菩薩，行深般若波羅蜜多時，照見五蘊皆空，度一
> 切苦厄。舍利子，色不異空，空不異色，色即是空，空即
> 是色。受、想、行、識亦復如是。舍利子，是諸法空相，
> 不生、不滅、不垢、不淨、不增、不減。是故空中，無色、
> 無受、想、行、識，無眼、耳、鼻、舌、身、意，無色、
> 聲、香、味、觸、法。〔註45〕

世尊爲教導不同根基的人而說不同的法，這些都是方便法門，不應執
著但也不可頑空，因此僧伽在自我修意持守佛法時，不會再隨意妄伸
佛意，在宣講佛法時也不會曲解經義，妄自解讀，誠如《六祖壇經・
頓漸品》所言：「不增不減自金剛，身去身來本三昧。」〔註46〕僧伽
因不增不減的自性體悟，方能得其金剛力斬斷煩惱執著，其心、意才
能清淨圓滿，其法方能圓融無礙。

第六節　盛唐詩中的《金剛般若波羅蜜經》意涵

　　《金剛經》在佛教的價值可由星雲法師的《金剛經講話》中得見，
他說：

> 般若系統部類卷帙繁多，其中《金剛經》不僅是進入六百
> 卷《大般若經》的導覽，而且是千年來被討論最久，注疏
> 最多，影響最深遠，歷史不衰的經典之作。

〔註44〕參見吳言生《禪宗思想淵源・楞伽經與禪宗思想》，北京：中華書局，
　　　　2001 年 9 月版，頁 67〜68。
〔註45〕參見《大正藏》第八冊，第 848 頁下。
〔註46〕參見《六祖壇經・流行本、敦煌本合刊》，臺北：慧炬出版社，2001
　　　　年 11 月版，頁 51。

六祖惠能由於聞說《金剛經》的「應無所住而生其心」頓開茅塞。直至五祖弘忍於三更時分以《金剛經》再為其印心，惠能大師當下「漆桶脫落」，親見「何其自性，本自清淨！何其自性，能生萬法！」自家面目。短短的五千多字的《金剛經》，從此取代了達磨東來以「《楞伽》四卷，可以印心」的傳統地位。〔註47〕

吳言生在《禪宗思想淵源》中亦指出《金剛經》的價值：

> 《金剛經》在中國影響巨大，僅唐初即已有八百家注之說，由於其直指人心、見性成佛的般若智慧，禪宗對之特別推崇，並以之印心。……金剛般若的特點在於掃除，首先是掃除一切：于人不取四相，于境不住六塵，乃至於一切外相，皆在掃除之列；其次是「掃」字亦掃：掃除諸相後，學人往往沉空滯寂，故經文又指出，要斷除非法相，發菩提心；再次是無得無證：佛法是癒病良藥，但執藥則成病，故經文指出度生而無眾生可度，布施而不住布施相，說法而無法可說，得法而于法無得。〔註48〕

深受佛法薰陶的王維亦受《金剛經》的影響，在其〈胡居士臥病遺米因贈〉中提出：「有無斷常見，生滅幻夢受，即病即實相，趨空定狂走。」詩句化自《金剛般若波羅蜜經》：

> 一切有為法，如夢幻泡影，如露亦如電，應作如是觀。〔註49〕

世尊告誡須菩提等眾人，世間的有為法均是虛幻，如夢幻泡影般即現即幻，修行者當用般若空觀照見一切，方能不為虛華假景所迷惑。王維詩中認為有見、無見、斷見、常見等邊見，以及萬物的生滅和世間的各種變化，都帶給我們如夢似幻的感受。詩人在此欲表達的是人受困於眼見的事實，卻不知事實的背後原是空寂，有人著滯於所見之事實，有人惑於空界的追求，這些都是金剛利刃所欲斬斷之迷霧。

〔註47〕參見星雲《金剛經講話》，臺北：佛光文化，2002年7月版，頁1。
〔註48〕參見吳言生《禪宗思想淵源》，北京：中華書局，2001年9月版，頁107～108。
〔註49〕參見《大正藏》第八冊，第752頁中。

第七節　盛唐詩中的《六祖壇經》意涵

根據洪修平的《國學舉要‧佛卷》中所言：

> 禪宗是最爲典型的中國化的佛教宗派。因主張用禪定概括
> 佛教的全部修習而得名。又由於自稱「傳佛心印」，以覺悟
> 所謂眾生心性的本原佛性爲主旨，故又稱「佛心宗」。它淵
> 源於印度佛教而形成於傳統文化之中。於隋唐時正式成
> 立，至唐末五代時達到極盛，宋元以後仍繼續流傳發展。
> 禪宗一向以「不立文字、教外別傳」相標榜，其傳承則一
> 直上溯至釋迦牟尼的大弟子、傳佛心印的摩訶迦葉。禪宗
> 尊摩訶迦葉爲印度初祖，其後，歷代祖師以心傳心，次第
> 傳授，傳至第二十八祖爲菩提達摩。〔註50〕

周裕鍇在《中國禪宗與詩歌》中指出：

> 據《五燈會元》卷一記載，當年佛祖釋迦牟尼在靈山聚眾
> 說法，拈花示眾，聽者都不明白其中的奧妙，只有迦葉尊
> 者破顏微笑。佛祖對他的心領神會格外賞識，當眾宣布把
> 「正法眼藏」付囑摩訶迦葉。於是，聰明的迦葉成了禪宗
> 的開山祖師。所謂「正法」，即全體佛法；「眼」，指朗朗宇
> 宙；「藏」，指包含萬物。「正法眼藏」即佛家所指至高無上
> 的眞諦妙論。這種偉大佛法的內容是：「涅槃妙心，實相無
> 相，微妙法門，不立文字，教外別傳。」也就是所謂「以
> 心傳心」的禪宗宗旨。〔註51〕

廖明活在《中國佛教思想述要》中指出：

> 宋代以還，禪宗中人每喜標榜本宗立教爲「教外別傳」；影
> 響所及，近世中外論者普遍傾向把禪宗跟傳統佛教割離，
> 作獨立觀察，特別強調其教學的殊「別」性。〔註52〕

〔註50〕參見洪修平《國學舉要‧佛卷》，武漢：湖北出版社，2002年9月版，頁60～61。

〔註51〕參見周裕鍇《中國禪宗與詩歌》，台北：麗文文化，1994年出版，頁1。

〔註52〕參見廖明活《中國佛教思想述要》，臺北：商務印書館，2006年8月版，頁547。

由前三則論述可知禪宗的師徒傳承不在文字，而在於師徒的相契相印，猶如《六祖壇經》所記載，神秀所作偈語：

　　　　身是菩提樹，心如明鏡臺。時時勤拂拭，莫使有塵埃。〔註53〕

弘忍認爲只到門前，尚未進入無上菩提亦未見性，凡夫依此修行只能使人不墮落。反觀慧能所作偈語：

　　　　菩提本無樹，明鏡亦無臺。佛性常清淨，何處有塵埃。〔註54〕

　　　　心是菩提樹，身爲明鏡臺。明鏡本清淨，何處染塵埃。〔註55〕

弘忍即予認可，夜至三更傳予衣缽與心法。在這些記載當中吾人不易看出弘忍所傳之法爲何，唯有慧能當下領悟：

　　　　五祖夜至三更，喚慧能堂內說《金剛經》。慧能一聞，言下
　　　　便悟。其夜受法，人盡不知，便傳頓教及衣，以爲六代祖。

　　　　將衣爲信稟，代代相傳；法即以心傳心，當令自悟。〔註56〕

也因禪宗的心法傳承，衍生出許多公案故事，添增以心印心的神秘過程。對南北禪宗都甚了解的王維，受《六祖壇經》影響而於其詩歌中育含心法義涵，如〈同崔興宗送衡嶽瑗公南歸〉中云：「一施傳心法，唯將戒定還。」講述禪師傳法均奉行禪宗的以心傳心，廣度能印心之有緣，禪師修行禪法精深、不著外相，南歸之行不帶有形外物，惟有祖師所傳的戒律與禪坐之法相隨。

第八節　盛唐詩中的《摩訶止觀》意涵

　　杜甫詩集中有一首詩提到佛典名，他在〈別李秘書始興寺所居〉中云：

〔註53〕參見楊曾文《敦煌新本・六祖壇經》，北京：宗教文化出版社，2001年5月版，頁11。

〔註54〕參見楊曾文《敦煌新本・六祖壇經》，北京：宗教文化出版社，2001年5月版，頁14。

〔註55〕參見楊曾文《敦煌新本・六祖壇經》，北京：宗教文化出版社，2001年5月版，頁14。

〔註56〕參見楊曾文《敦煌新本・六祖壇經》，北京：宗教文化出版社，2001年5月版，頁15。

> 不見秘書心若失，及見秘書失心疾。
>
> 安爲動主理信然，我獨覺子神充實。
>
> 重聞西方止觀經，老身古寺風泠泠。
>
> 妻兒待米且歸去，他日杖黎來細聽。〔註57〕

《止觀經》指的就是天臺四祖智顗所講述的《摩訶止觀》，「止」爲去除妄念、歸心一處；「觀」則是在「止」的基礎上，生發智慧，慧眼視物。《大乘起信論》對止觀兩種修行法有淺顯的定義：「所言止者，謂止一切境界相，隨順奢摩他觀義故。所言觀者，謂分別因緣生滅相，隨順毘缽舍那觀義故。」〔註58〕止息對外在事項的動念即爲「止」，動念已止即可分別因緣和合而生的生滅相，而不著滯，此功夫即是「觀」。至於修習止、觀二法的意義，《大乘起信論》亦有說明：

> 若從坐起去來進止有所施作。於一切時常念方便隨順觀察。久習淳熟其心得住。以心住故漸漸猛利。隨順得入眞如三昧。深伏煩惱信心增長速成不退。〔註59〕

人若能於一切時間隨時修習止法，則心能安住、並降伏所有煩惱，最終進入眞如三昧；然而若只修止法而未修觀法，人的心會進入死寂，不願濟世渡人，因此尚須修「觀」法，《大乘起信論》云：

> 修習觀者。當觀一切世間有爲之法。無得久停須臾變壞一切心行念念生滅。以是故苦。應觀過去所念諸法恍惚如夢。應觀現在所念諸法猶如電光。應觀未來所念諸法猶如於雲忽爾而起。應觀世間一切有身悉皆不淨。種種穢污無一可樂。……作此思惟。即應勇猛立大誓願。願令我心離分別故。遍於十方修行一切諸善功德盡其未來。以無量方便救拔一切苦惱眾生。令得涅槃第一義樂。〔註60〕

觀世間一切有爲法均爲因緣和合，觀眾生身均爲不淨，無有一法可使人長久歡樂，故應當看透有情與無情，發大愿力，度化己心並成全眾

〔註57〕參見《杜詩詳注》，頁 1680。
〔註58〕參見《大正藏》第三十二冊，第 582 頁上。
〔註59〕參見《大正藏》第三十二冊，第 582 頁上。
〔註60〕參見《大正藏》第三十二冊，第 582 頁下。

生，使人我臻至涅槃境地、得第一義諦之妙樂。杜甫詩中提及見與不見李祕書的心情轉折，不見時，心靈若有所失；見時，心中的憂疾瞬間化消，因爲此時李祕書正在宣講《止觀經》，詩人從中得到啓發，止觀二法正是使這顆煩動急躁的心得其安穩、安住的法門。他甚至還觀察到李祕書因深契止觀法，整個人容光煥發，很想繼續聆聽的杜甫卻因妻兒尚在家待米煮食，不得不離開，但詩人心中已透過止觀法，使己心境沉寂自然。

第九節　其它

　　盛唐詩中常出現雨花、天花、花雨等詞語，佛經記載諸天神人爲讚嘆世尊說法之功德，而散花如雨，後世多用此典故形容佛寺高僧的講演佛法如佛陀在世時精湛，但因此一記載散見各部佛典，難以明確指出詩人所受的影響出自何部佛典？另外禪宗以心傳心的源由，肇因於佛典所記載「拈花微笑」的故事，而此故事亦散見於各部佛典，所以筆者將此二者列於此處說明。

一、拈花微笑

　　根據《人天眼目・宗門雜錄》記載：

> 王荊公問佛慧泉禪師云：「禪宗所謂世尊拈花，出在何典？」泉云：「藏經亦不載。」公云：「余頃在翰苑，偶見《大梵天王問佛決疑經》三卷，因閱之，所載甚詳。梵王至靈山以金色波羅花獻佛，捨身爲床座，請佛爲眾生說法。世尊登座，拈花示眾。人天百萬，悉皆罔措。獨有金色頭陀，破顏微笑。」世尊云：「吾有正法眼藏，涅槃妙心，實相無相，分付摩訶大迦葉。此經多談帝王事佛請問，所以秘藏，世無聞者。」〔註61〕

周裕鍇在《中國禪宗與詩歌》中指出這則佛家傳說有四種意義：

〔註61〕參見《大正藏》第四十八冊，第325頁中。

1. 佛祖拈花，迦葉微笑，這是一幅多麼動人的畫面。沒有諄諄教誨，也沒有滔滔雄辯，只有兩位智者間的「心有靈犀一點通」，那拈花的動作中包含著無窮的妙諦，那微笑的神態中閃爍著悟性的光輝。繁縟嚴肅的宗教承傳在這裡成為一種簡潔平易的心靈交流，是這則傳說的第一個意義。

2. 禪宗認為，佛教的真諦只有靠內心神祕的體驗才能體會到，而任何語言文字都無法表達這種體驗，「悠然心會，妙處難與君說」，以沉默的微笑來代替悟道的喜悅，是這則傳說的第二個意義。

3. 佛教典籍中常以花喻佛性，拈花示眾，即以暗示象徵代替言說闡釋。用花作為傳教的媒介，實質上就是用形象直覺的方式來表達和傳遞那些被認為本不可以表達和傳遞的東西，是這則傳說的第三個意義。

4. 一花一世界，一葉一乾坤，花既是可供觀賞的自然物象，又是體現佛性的一種符號，因觀花而悟道，由詩的審美情味指向禪的神學領悟，是這則傳說的第四個意義。〔註62〕

世尊與迦葉在靈山的會心一笑，究竟兩人之間契悟了什麼，而金色波羅花的示眾又代表什麼涵義，若如周裕鍇所言花喻佛性，世尊以佛性示眾，是否傳達人本具佛性的道理？但這是基本的佛義，何以在場眾人「悉皆罔措」？這則公案猶如《景德傳燈錄》卷三中所載，達摩在選承繼人時要求弟子各各闡述體悟，道副、尼總持、道育紛紛表述，唯有慧可僅向達摩行禮，後再退回原位，這一動作深契達摩之心，遂傳衣缽於慧可，這也是令人摸不著頭緒的心法承繼。杜甫雖與王維全心奉佛不同，但亦詳讀佛書，在詩句中含藏此典故，他在〈大雲寺贊公房四首〉：「湯休起我病，微笑索詩題。」杜甫詩中借湯休的善於文辭特色，比擬贊公的文采，在遊寺中同時引起詩人作詩的興味，贊公

〔註62〕 參見周裕鍇《中國禪宗與詩歌》，台北：麗文文化，1994 年出版，頁 2。

與我心都深自契印密合，詩人微笑著向贊公索取詩題準備作詩，而贊公想必也從我這微笑中，深契我作詩的興味，早已準備好詩題正等者我的索題。作者藉此佛教典故，喻指二人友情之深厚、心靈互通。

二、雨花、天花、花雨

　　根據《維摩詰經・觀眾生品》所記載的內容，提及天女散華之際，大菩薩身上的花均一一散落，唯有大弟子們沾在身上，天女提點舍利弗尚未斷滅一切幻想、仍有五欲習氣，因此花著而不落，而大菩薩們早已了斷塵緣，心中一片清靈，所以花皆墜落。經云：

> 時維摩詰室有一天女，見諸大人，聞所說法，便現其身，即以天華散諸菩薩大弟子上。華至諸菩薩即皆墮落，至大弟子便著不墮。一切弟子神力去華，不能令去。爾時，天女問舍利弗：「何故去華。」答曰：「此華不如法是以去之。」天曰：「勿謂此華爲不如法。所以者何？是華無所分別，仁者自生分別想耳。若於佛法出家，有所分別，爲不如法；若無所分別，是則如法。觀諸菩薩華不著者，已斷一切分別想故。譬如人畏時，非人得其便。如是弟子畏生死，故色、聲、香、味、觸得其便也；已離畏者，一切五欲無能爲也。結習未盡，華著身耳；結習盡者，華不著也。」〔註63〕

《妙法蓮華經・譬喻品》中則記載當舍利弗被世尊受記將來必當成佛後，在場天人都與奮異常，紛紛脫下身上的上衣供養佛陀，此時百千種天樂在天空中同時響奏，天花亦紛紛飄落，這些都是在讚嘆世尊所轉法輪之妙，《妙法蓮華經・譬喻品》云：

> 爾時，四部眾比丘、比丘尼、優婆塞、優婆夷，天、龍、夜叉、乾闥婆、阿修羅、迦樓羅、緊那羅、摩睺羅伽等大眾，見舍利弗於佛前受阿耨多羅三藐三菩提記，心大歡喜，踊躍無量，各各脫身所著上衣，以供養佛。釋提桓因、梵天王等，與無數天子，亦以天妙衣、天曼陀羅華、摩訶曼

〔註63〕參見《大正藏》第十四冊，第 547 頁下～548 頁上。

陀羅華等，供養於佛。所散天衣，住虛空中，而自迴轉。
諸天伎樂，百千萬種，於虛空中一時俱作，雨眾天華。而
作是言：「佛昔於波羅奈，初轉法輪，今乃復轉無上最大法
輪。」〔註64〕

盛唐詩人在其詩歌作品中常含藏此典故，用來稱讚佛寺之超然或是僧
人說法之精湛，如杜甫在〈謁文公上方〉提到：「吾師雨花外，不下
十年餘。」其意在讚揚文公佛法之精湛，足可比擬佛陀說法時，天女
散華之景況；綦毋潛在〈題棲霞寺〉中云：「天花飛不著，水月白成
路。」詩人讚嘆棲霞寺的佛氛濃厚，寺中僧人修爲已臻菩薩果地，心
已超脫一切有、無相執著，如《維摩詰經・觀眾生品》所記載，天花
不著其身而紛落，明淨如水的月兒，將寺院周遭路徑，照得如白天般
清亮。在〈宿龍興寺〉中云：「天花落不盡，處處鳥銜飛。」此詩在
稱揚寺僧說法之妙，藉由《妙法蓮華經・譬喻品》中所記載，諸天人
爲讚佛陀轉法輪之奧祕，故降下天花供養其德的典故，說明龍興寺僧
說法正如佛陀在世說法般殊勝；儲光羲在〈送王上人還襄陽〉中云：
「天花滿南國，精舍在空山。」詩人對王上人的離開感到不捨，詩中
讚揚上人講法精深，已至天女散花的境界，上人離開後，隸屬南國的
襄陽，因有上人的妙法駐足，將會是天花落不止的盛況，此地的佛寺
只能孤單地聳立在空曠的深山之中，等候上人的回歸；郎士元在〈送
大德講時河東徐明府招〉中云：「到處花爲雨，行時杖出泉。」詩人
讚揚僧人所到之處，常有落花如雨般飄落，即指僧人所講說之法精
湛，彷若能使天女亦爲之散花，又云其錫杖所止棲之處常有泉水流
出，即指其法能使人生發大智慧，如水灌荒地得以再現清明。

　　孟浩然在〈登總持浮圖〉中云：「坐覺諸天近，空香逐落花。」
自己在佛塔上禪坐，頓覺身心已近三界諸天，在聖境佛土中，聆聽諸
佛菩薩之妙法，此時天花紛紛灑落，空中呈顯出陣陣異香。在〈題融
公蘭若〉中云：「法雨晴霏去，天花晝下來。」詩人稱讚融公講法之

〔註64〕參見《大正藏》第九冊，第12頁上。

奧妙，不僅能感動鬼神降下法雨，亦能使天女至此灑下天花，透過法雨、天花的描述，直指與融公的論法精湛、深入；李頎在〈題璇公山池〉中云：「指揮如意天花落，坐臥閑房春草深。」詩人讚揚璇公手持如意在講演佛法時，常精彩深入到如佛陀親臨講演時，有天女來散花，當講說完畢回到僧房時，放下一切稱揚，回歸最初的心念靜寂、一片任運自然；王維在〈過乘如禪師蕭居士嵩丘蘭若〉中云：「迸水定侵香案濕，雨花應共石牀平。」詩人在遊賞佛寺時，稱讚乘如禪師與蕭居士的佛法修爲精深，此寺的地下奔湧而出的清泉多到浸溼香案，這不止息的清泉恐是禪師精深的修行感動神祇而賜，禪師與居士的講演佛法常令天花灑下，天人讚嘆其說法之奧微，詩人藉落花已高至石牀的現象，喻指二人講經論法的精彩。在〈投道一師蘭若宿〉中云：「梵流諸壑遍，花雨一峰偏。」詩中稱讚道一禪師所居之寺受其德行薰染而清淨非常，此股氛圍散佈在整座山中，禪師的佛理甚爲深明，上臺講演佛法時，天人爲之讚嘆紛降落花供養，詩人藉禪師所居之山峰多落花，意喻禪師說法之精妙。

李白在〈同族姪評事黯遊昌禪師山池二首〉其二，則描述山池之殊勝，詩人以佛教天女散花之典，形容每當昌禪師在此開壇說法時，其精彩奧妙猶如世尊在世說法，常令天人讚嘆，紛紛以花供養，詩人在此讚嘆禪師說法之妙。在〈與南陵常贊府遊五松山〉中云：「剪竹掃天花，且欲傲史遊。龍堂若可憩，吾欲歸精修。」詩人提及自己正與甚有傲氣的常贊府遊覽五松山，此時共遊至精舍，吾人剪著竹枝、掃著落下的天花，想必此處定有高僧說法，方能引天女散花供養，詩人頓起修行之念，想在精舍誠虔修道。李白在〈登瓦官閣〉中云：「漫漫雨花落，嘈嘈天樂鳴。」詩人想像當年梁朝雲光法師在此講經時，感動諸天散花，如雨般的天花從天灑下，李白在此看到雨花想到了天花，寺院周遭漫漫無際的雨花落下，眾多的天樂由諸天傳來，詩人在此讚揚瓦官閣的佛氣濃烈，充滿著佛世界的淨土情狀。在〈尋山僧不遇作〉中云：「香雲徧山起，花雨從天來。」描述佛寺周圍的雲氣逐

漸湧起聚集,花朵如雨般從天飄落。詩人表面描繪山景,實則從香雲聚集、花雨飄落中,讚揚僧人宣講佛法之深妙,天地亦為之感應,只可惜僧人不在,徒留遺憾。

第十節　小結

筆者在此章節探討盛唐詩中的佛典意涵,總共找出八部佛典,這些例子都是很明確指出佛典名稱、或引出佛典教義、或引用佛典字句,完全沒有多餘的自我判斷,由這些分析也可看出當時所流行於大眾的佛經,基本上都屬大乘佛典,根據龔賢在《佛典與南朝文學》所言,南北朝最流行的佛典是《維摩詰經》、《妙法蓮華經》與《大般涅槃經》,盛唐沿襲南朝兩本經典,惟有《大般涅槃經》未見詩人引用,就筆者所研究,《大般涅槃經》最主要在闡述「一切眾生,悉有佛性」的論點,這一教義到盛唐已廣為人知,甚至論點已是建立在此之上的頓悟、漸悟說,再由盛唐詩人所引用的《金剛般若波羅蜜經》、《楞伽經》來看,當時已是在討論空有、掃相的問題,佛性的討論也就逐漸消失。所以,經由分析出來的流行佛典,除可知盛唐的佛學議題,與南朝流行佛典比較,亦可知佛教思想的演進。

第七章　盛唐詩中的禪情佛義——
以王維、孟浩然爲研究對象

　　在綜合性的分析盛唐詩所存在的佛禪語、佛禪典故與佛禪經典思
想後，筆者接著要分別討論王維、孟浩然詩中的禪情佛義，盛唐詩人
在詩中表現最多佛禪語典的就是王維、孟浩然，他們透過佛禪語典表
露心志、人生觀；也經由佛禪語典的引用，顯露個人的佛教情懷，我
們亦可由此分析作者對佛教的看法；也因爲他們使用佛禪語比其他盛
唐詩人多，在相當程度上有其代表性，故從中吾人可探究盛唐的佛教
流傳狀況及其對後代的影響，誠如胡遂在《佛教禪宗與唐代詩風之發
展演變》中所説：

> 而慧能曹溪禪則不但在禪門獨尊，而且在整個唐代佛教界
> 也占有其他宗派所無法相比的絕對優勢。自此，文人士大
> 夫更加傾心向禪，到了晚唐時代，在詩人中間，竟然出現
> 了「閑言説知己，半是學禪人」、「詩無僧字格還卑」的詩
> 壇格局，禪宗在文人詩人中的影響可以説是達到整個中國
> 歷史上最爲深入廣泛的程度了。〔註1〕

佛禪思想能如此迅速傳播、生根，盛唐詩人的推波助瀾起了絕對性的
作用，他們的詩作大量蘊藏佛語、佛教典故與佛典思想，使得讀者無

〔註 1〕 參見胡遂《佛教禪宗與唐代詩風之發展演變》，北京：中華書局，2007
　　　　年 4 月版，頁 88。

形中接觸佛教思想，進而瞭解佛教、宣揚佛教。所以，筆者認爲深入探討盛唐詩人的禪情佛義是爲必要，當確認詩人與佛禪的連繫度後，盛唐與佛禪的關係當逐步明朗，此章以王維、孟浩然爲討論對象，試分二節論之。

第一節　王維

　　研究王維與佛教的關係已有相當多人研究，相關學術論文難以計數，研究成果包含：王維亦官亦隱的人生態度受《維摩詰經》不二法門影響、王維思想受禪宗影響深遠、王維詩的空靈意境得力於佛教的空、無理論、王維早期受母親師事大照禪師影響，先學習北宗禪，後遇神會有感於南宗禪的不可思議而學慧能禪等等。然而在這些研究成果上，尚有一個模糊地帶，就是王維究竟是受北宗禪的影響深？還是南宗禪深？這個問題至今莫衷一是，每位學者的立論點都不同，有從其交往的僧人中推斷、有從其觀察到的禪學思想判斷，有從各個佛教宗派推論，說明王維受佛學的影響，不限禪宗；有學者則認爲王維詩中都存有三教思想，他對佛教思想的汲取只是出於自己的需要，並不等同於他贊成或接受佛教思想等。因此，筆者認爲這是可以再深研的部分，故就自己在前三章所統計分析的資料爲基礎，再加上前人的研究成果，相互印證得出王維禪的南北屬性。

一、從第三章的佛禪術語進入

　　排除佛典思想與佛教典故，筆者統計出王維詩中含有的佛禪術語約有四十一類，如指佛寺、僧院的法堂、蘭若等名稱、以及無計、實相、有、煩惱、僧人行頭及修行動作等、虛空、空、因緣、六境、六塵、六識、白法、天女、青蓮、大導師、愛染、情塵、第一義、涅槃、空門、根性、法身、前身、宿世、妄心、妄識、貝葉、月殿、齋時、四大、飛錫、七寶、生老病死、磬、法侶、梵流、初地、三賢、七聖、法雲地、斷葷、蓮花、四諦、檀越、陰界、邊見、生滅、四相、三慧

與六時；屬於修行佛語約有九類，如覺、省、悟、觀、戒、無住、無染、清淨、不動心、禪寂、修、去蔽、慈悲、佈施與無生等佛語。

（一）寺院、僧人及其相關語

　　王維詩中提及寺院的語詞有法堂、蘭若、招提、精舍、寶地、寺與禪宮等。就修辭技巧來看，王維避免單一字句使用過多，善用不同字句描述相同義，詩中所述多是在描寫寺院所處地理位置與周遭景致，亦有在參訪、遊覽佛寺時的感觸，謝重光在《漢唐佛教社會史論》中云：「碩果纍纍的唐代詩壇，要是離開文人在寺院的活動，抽掉與寺院有關的詩作，就不免要大為遜色了。」〔註2〕，此說為真，如在〈與蘇盧二員外期遊方丈寺而蘇不至因有是作〉中的「法向空林說，心隨寶地平」即是在闡述詩人在佛寺所獲得的心靈沉澱；王維喜遊僧寺，故其詩中常提到寺僧及其穿著、儀軌，如「一飲」、「乞食」、「齋時」、「斷葷血」、「蔬食」、「清齋」、「甘此饘腥食」等詞語與僧人飲食相關，「綻衣」、「稻畦」、「水田」等詞語則指僧衣，「鉢」、「飛錫」等詞語則與僧人配飾相關，「磬」指寺中樂器，「法侶」、「比丘」則指僧人，「禪誦」、「梵聲」、「梵流」、「朝梵」、「清梵」則與誦經相關，這些詞語無分南北。

（二）空、有、無

　　在〈與胡居士皆病寄此詩兼示學人二首〉中提及「滅想成無記，生心坐有求」則在教導人們勿刻意消滅人的各種思想，但也不可任己欲逞行生發，這一主張接近慧能的「無念為宗」、「無住為本」主張，人的念頭不可能斷絕，因此慧能主張：

　　　無念者，於念而不念。〔註3〕

　　　於一切境上不染，名為無念。〔註4〕

〔註2〕參見謝重光《漢唐佛教社會史論》，臺北，國際文化事業有限公司，1990 年 5 月版，頁 351。

〔註3〕參見楊曾文《敦煌新本‧六祖壇經》，北京：宗教文化出版社，2001年 5 月版，頁 19。

　　無念爲宗，即緣迷人於境上有念，念上便起邪見，一切塵
　　勞妄念從此而生。然此教門立無念爲宗，世人離境，不起
　　於念。若無有念，無念亦不立。〔註5〕

　　無住者，爲人本性，念念不住，前念、今念、後念，念念
　　相續，無有斷絕，若一念斷絕，法身即離色身；念念時中，
　　於一切法上無住；一念若住，念念即住，名繫縛；於一切
　　法上念念不住，即無縛也。此是以無住爲本。〔註6〕

修行者需明瞭於念而不念、念念不住方是無縛、終究超脫，當人已不
再受欲望、念頭的牽縛，涅槃才有入路。也因此慧能才說：「若空心
禪，即落無記空。」〔註7〕

　　　人若坐禪時一心爲空，其實又落入「空」的執著；王維在〈與胡
居士皆病寄此詩兼示學人二首〉中又再對空有關係進行論述，有三
處：「即病即實相」、「礙有固爲主」、「汎有定悠悠」。這三句都是在闡
明空而不虛、虛即不空的不二思想，執著「空」或滯於「有」均非如
來實相，終難進入彼岸，筆者認爲這也可說明王維出入仕隱之間，卻
不擇其一的思想淵源，對於王維來說，爲了生計不能放棄官位，但又
一心嚮往修行，兩難之下，透過此空有對立又消解的過程達其不二中
道，所以慧能才教導弟子三科與三十六對，切勿陷入有無等對立法相
中；王維在〈山中示弟〉中指出：「緣合妄相有，性空無所親。」世
上所有有形物均是因緣聚合、其性本空，所以詩人不願對此些事物太
過親近，這句話亦表露王維何以妻喪不再續絃的心境，夫妻情緣僅是
因緣的聚合才產生，並非永久存在，此義正符慧能告知法達：「人心

〔註 4〕參見楊曾文《敦煌新本‧六祖壇經》，北京：宗教文化出版社，2001
　　　　年 5 月版，頁 19。
〔註 5〕參見楊曾文《敦煌新本‧六祖壇經》，北京：宗教文化出版社，2001
　　　　年 5 月版，頁 19。
〔註 6〕參見楊曾文《敦煌新本‧六祖壇經》，北京：宗教文化出版社，2001
　　　　年 5 月版，頁 19。
〔註 7〕參見楊曾文《敦煌新本‧六祖壇經》，北京：宗教文化出版社，2001
　　　　年 5 月版，頁 30。

不思本源空寂，離卻邪見，即一大事因緣。」〔註8〕眾生不思眼見一切均無本源、其源爲空，以本具佛性感應佛陀濟世眾生之本懷、與遠離邪思邪見，以致眾生常患顛倒錯亂，以唸經爲解脫；在〈飯覆釜山僧〉中云：「思歸何必深，身世猶空虛。」王維深明世界的究竟當是空寂、幻滅，對於辭官歸隱事也不必著急，因爲隱居亦非解脫，如其在〈與胡居士皆病寄此詩兼示學人二首〉所言：「空虛花聚散，煩惱樹稀稠。」花有開落、終而複始，而人的煩惱有疏有密，端看不同的時間與因緣，所以煩惱也不是實有，其體亦空，詩人在此勸慰眾人不要執滯在眼前的煩惱，以般若智將心從此煩惱中超出、進而得菩提超脫，此即慧能所言：

> 悟此法者，悟般若法，修般若行。不修即凡。一念修行，
> 法身等佛。善知識，即煩惱是菩提。〔註9〕

是故王維在〈謁璿上人〉中云：「浮名寄纓珮，空性無羈鞅。」一般人都將聲名的取得寄託於仕宦，但深知佛教空性義理的詩人卻處之淡然，即便官位再高都非實相、終會消亡，於是在〈過盧員外宅看飯僧共題七韻〉方云：「身逐因緣法，心過次第禪。」對於功名不再追求，隱居也毋需刻意，隨順自身因緣即行，因爲隱居所悟之法不見得是無上解脫法，在仕宦紅塵所遇之境相也非純然污穢，佛教所要契悟的是與佛無別的自家性，這不會因外在淨穢而影響其眞，是超脫名相對立的存在，故〈胡居士臥病遺米因贈〉中指出「無有一法眞，無有一法垢。」眞、垢不改其性。所以在〈與胡居士皆病寄此詩兼示學人二首〉其一，即歸結：「色聲非彼妄，浮幻即吾眞。」六識所感萬物雖是眞，此眞的背後亦是幻有，若能體悟空而不空的佛義，那麼人欲必當斬斷，人人定能歸向涅槃。在〈胡居士臥病遺米因贈〉云：「色聲何爲客，陰界復誰守。」、〈與胡居士皆病寄此詩兼示學人二首〉其一中云：

〔註8〕　參見楊曾文《敦煌新本‧六祖壇經》，北京：宗教文化出版社，2001年5月版，頁55。

〔註9〕　參見楊曾文《敦煌新本‧六祖壇經》，北京：宗教文化出版社，2001年5月版，頁31。

「如是觀陰界，何方置我人。」若能徹悟空觀，將人這個本體再視為空，則世上六塵、六識、六境又將存於何處？至此境界方悟「空而不空」之理。

（三）佛法

　　王維近佛眾所皆知，其詩句中亦常出現欲追尋佛法的思想，如其在〈謁璿上人〉中云：「一心在法要，願以無生獎。」詩中稱讚上人全心在佛學與傳播、在〈登辨覺寺〉中云：「空居法雲外，觀世得無生。」則言僧人精修佛法，獲得無生法之奧妙。這兩句話表面是讚揚，另一方面其實也寄託自己欲朝此方面前進，然而要修行得如慧能所言：「三世諸佛，十二部經，在人性中本自具有，不能自悟，須得善知識示道見性。」〔註10〕需有善知識提點，故在〈夏日過青龍寺謁操禪師〉中方云：「欲問義心義，遙知空病空。」詩人想要請示已悟得空義的禪師，何謂第一義心、如何才能體悟甚深無上妙法？在〈與胡居士皆病寄此詩兼示學人二首〉亦云：「四達竟何遣，萬殊安可塵。」究竟要遣除何物才能得致涅槃妙法呢？王維在佛學中得到解答，惟有修行、進入無生法門才是究竟涅槃、才是淨土世界，這與慧能所言相同，他說：

　　　若悟無生頓法，見西方只在剎那；不悟頓教大乘，念佛往
　　　生路遠，如何得達？〔註11〕

所以王維一直在修行無生妙法，如其在〈遊感化寺〉中即云：「誓陪清梵末，端坐學無生。」、在〈黎拾遺昕裴秀才迪見過秋夜對雨之作〉中云：「白法調狂象，玄言問老龍。」王維想跟僧人一起在佛寺中學習佛法，也認為惟有藉由至善佛法才能消除心中妄念。對於詩人來說，歷經安史之亂、陷於匪賊之手的不堪，甚至差點亡身，這經歷使

〔註10〕參見楊曾文《敦煌新本・六祖壇經》，北京：宗教文化出版社，2001
　　　　年 5 月版，頁 37。
〔註11〕參見楊曾文《敦煌新本・六祖壇經》，北京：宗教文化出版社，2001
　　　　年 5 月版，頁 44。

他頓悟生、老、病、死的眞諦，惟有眞正修行佛法，得知未來的歸處，這人生四苦方得以解脫，這珍貴體悟，詩人表現在〈秋夜獨坐〉中，他說：「欲知除老病，惟有學無生。」又在〈歎白髮〉中云：「一生幾許傷心事，不向空門何處銷？」王維在佛法中得到慰藉、消除人生的無可奈何，也惟有在佛法的滋潤下，心中才能忘卻內外在痛苦得到寂樂，這可從〈飯覆釜山僧〉中的「一悟寂爲樂，此生閒有餘。」以及〈苦熱〉所云：「忽入甘露門，宛然清涼樂。」但要如何讓自己隨時均感受到佛法的浩瀚廣披呢？王維認爲必需時刻感悟，如其在〈與蘇盧二員外期遊方丈寺而蘇不至因有是作〉所言：「法向空林說，心隨寶地平。」常至佛寺感受佛氛盈繞，然而一方面在〈苦熱〉詩中也在說明不論何地只要與佛相契印，心中進入佛法世界、心中純然，則任何苦痛自當轉爲清涼寂樂，這與《敦博本·六祖壇經》所言近似，慧能云：

> 所以佛言：隨其心淨則佛土淨。使君，東方人但淨心即無罪；西方人心不淨亦有愆，迷人願生東方。兩者所在處，並皆一種心地，但無不淨。西方去此不遠，心起不淨之心，念佛往生難到。〔註12〕

煩惱如何能變成菩提？惟在心之一念，心念淨盡則煩惱化爲精進的糧食，煩惱變爲成就佛法大義的增上緣、登上彼岸的法舟。

（四）心、識、情、四諦

　　佛教認爲只有佛性爲眞，其餘均是虛幻，但人們總是以假爲眞，導致顛倒錯亂，其中以心、識、情最難對治，佛教各宗亦提出自家法門予以銷解，但在行動前則需對心、識、情加以了解，而以王維詩中所言，他認爲人心如狂象，心欲一起就難降伏，需以佛法調解：「白法調狂象。」至於人的心欲從何而來，王維認爲肇因於人的六識所感知的色、聲、香、味、觸、法等六境，並著滯其中妄境不得解脫，然

〔註12〕參見楊曾文《敦煌新本·六祖壇經》，北京：宗教文化出版社，2001年5月版，頁43。

而這些著滯在詩人眼中僅是外來客，隨時都會生滅，如在〈與胡居士皆病寄此詩兼示學人二首〉其一，則云：「色聲非彼妄，浮幻即吾真。」〈胡居士臥病遺米因贈〉：「色聲何爲客，陰界復誰守。」王維進一步提出人的妄心妄識不僅帶來狂亂，更是心靈的重大負荷，如其在〈哭褚司馬〉所言：「妄識皆心累，浮生定死媒。」對治的方法就是使心不生妄，如此方是超脫，這思想表現在〈胡居士臥病遺米因贈〉中所言：「妄計苟不生，是身孰休咎。」詩人對「心」的體悟正如慧能在無相懺悔中所言「除去從前矯誑心」〔註13〕、「除去從前嫉妒心」〔註14〕、「惡業恒不離心」〔註15〕一般，心是負面情緒的源頭，需懺悔、立愿加以對治。

王維對情染問題亦看的十分透徹，他在〈胡居士臥病遺米因贈〉中云：「了觀四大因，根性何所有。」世界與宇宙、有情與無情物都由地、水、火、風等四大物質所構成，但爲何人所生發的意念、行爲的趨向卻有天壤之別？他認爲是欲望所造成，未修行者情欲橫生，到處沾染情塵，修行者如不謹愼心念，一朝若生欲念，則情塵附身、難以修行，對於俗情俗愛自是放心不下，所以在〈與胡居士皆病寄此詩兼示學人二首〉中有此感慨：「一興微塵念，橫有朝露身。」但是要如何才能遠離情塵的染污呢？詩人提出惟有持修佛法方能救贖：「四達竟何遣，萬殊安可塵？胡生但高枕，寂寞與誰鄰？戰勝不謀食，理齊甘負薪。」然而還需身體力行，透過素食以解情塵的糾擾，如其在〈戲贈張五弟諲三首〉其三，即云：「吾生好清靜，蔬食去情塵。」詩人對七情六欲等情塵很早就有體悟，早在開元十五年、作者二十七歲就已寫下「愛染日已薄，禪寂日已固」的心境，從中可得知王維修

〔註13〕參見楊曾文《敦煌新本·六祖壇經》，北京：宗教文化出版社，2001年5月版，頁27。

〔註14〕參見楊曾文《敦煌新本·六祖壇經》，北京：宗教文化出版社，2001年5月版，頁27。

〔註15〕參見楊曾文《敦煌新本·六祖壇經》，北京：宗教文化出版社，2001年5月版，頁28。

佛心的強烈。然而王維也深知執著在心，可用佛法消解、昇華血心，只是人在真實面對困境時，心的作用往往微弱，如其在〈贈吳官〉中云：「空搖白團其諦苦，欲向縹囊還歸旅。」在炎熱的氣候下，深明佛法的詩人亦訴道苦不堪言，深刻體會到苦、集、滅、道的諦義，以及很想返鄉的心願，另外，王維在〈與蘇盧二員外期遊方丈寺而蘇不至因有是作〉中云：「共仰頭陀行，能忘世諦情。」他再次提出惟有沐浴在佛法中，才能忘卻世諦的二元對待，不過，在同樣描述酷熱難耐的〈苦熱〉詩中，詩人則提出：「卻顧身爲患，始知心未覺。」心中未能離苦，肇因於自己尚未醒覺，假若般若智慧生發，這外在的情塵、世諦又有何懼，菩提心生、煩惱即菩提。此些思想深契《敦博本‧六祖壇經》所言：

> 善知識，我此法門從一般若生八萬四千智慧。何以故？爲世
> 人有八萬四千塵勞。若無塵勞，般若常在，不離自性。悟此
> 法者，即是無念、無憶、無著。莫起雜妄，即自是真如性。
> 用智慧觀照，於一切法不取不捨，即見性成佛道。〔註16〕

慧能指出般若生發則萬念止息、萬塵不染，無著無捨直入中道，其餘邪見當自了悟都是偏道，如王維在〈胡居士臥病遺米因贈〉中云：「有無斷常見，生滅幻夢受。」有見、無見、斷見、常見都給人似假若真的虛幻真實感，很若能如慧能所言般若生發、契入中道，當知所見皆是空，此時眾生即見自本性、復其本有佛性，並以佛性爲基礎、以佛法爲準則，則天花不著、萬緣皆脫。但是般若從何而生呢？慧能告訴我們要尋求大善知識示道見性，王維在〈與胡居士皆病寄此詩兼示學人二首〉中云：「念此聞思者，胡爲多阻修。」認爲般若從禪定中修持而來，這思想偏於北宗禪。

（五）修行的階地、境界

　　南宗與北宗最大不同點之一，在於修行的階次步驟有別，南宗主

〔註16〕參見楊曾文《敦煌新本‧六祖壇經》，北京：宗教文化出版社，2001年5月版，頁31～32。

頓悟、北宗主漸悟，兩種主張並沒有基本上的優劣、高下之別，只有
被接引者的根器利鈍不同，如慧能所言：「小根之人，聞說此頓教，
猶如大地草木根性自小者，若被大雨一沃，速皆自倒，不能增長。」
歷代對漸、頓法的研究相當多，尤其是頓法，但對北宗的探討因文獻
寡少而論述少，但綜言北宗之說可分兩點，如楊曾文在《唐五代禪宗
史》中所云：

> 神秀、普寂一系的北宗禪法的基本要點是：（1）重視坐禪，
> 在禪定中「觀心」、「攝心」、「住心看淨」；（2）觀心、看淨
> 是一個心性修行的過程，通過觀空和「息想」、「息滅妄念」
> （拂塵）等，深入認識自己本具清淨的佛性，並循序漸進
> 地滅除一切情欲和世俗觀念，達到與空寂無為的眞如佛性
> 相應的覺悟境界。〔註17〕

王維在詩中提到修行的階地有兩首，首先是〈登辨覺寺〉中云：「竹
徑連初地，蓮峰出化城。」雖然文意是指登上佛寺的初階，但詩人以
大乘菩薩十地中的初地形容，一語有雙關，欲登清淨佛寺必需逐階而
上，如同欲成就大乘菩薩果位者，亦需經過十個階次的修煉，由此思
想推衍，王維在此認同修行要循序漸進，與北宗禪法接近；在〈過盧
員外宅看飯僧共題七韻〉中云：「三賢異七聖，青眼慕青蓮。……寒
空法雲地，秋色淨居天。身逐因緣法，心過次第禪。」要進入十地菩
薩行的修行即為三賢，是已斷見思惑而微存無明惑的修行地，七聖則
是見道後的修行地。法雲地是十地菩薩行的第十地，而淨居天是修四
禪定修者的死後歸處，是色界四禪的最高處，是聖人所居地，詩人指
出這些淨土聖地的用意在於推崇、仰慕能修至此境界者，然而仰慕並
無法讓自己登入聖地，唯有一步一腳印的修行才是正確，所以王維在
描寫僧人的坐禪情況才以「次第禪」形容，欲至最高層的第九次第禪
定，仍需從第一次第逐步修至第九次第的至高禪定境界，此些說法亦
同北宗的漸修漸悟論。

〔註17〕參見楊曾文《唐五代禪宗史》，北京：中國社會科學出版社，1999年
5月版，頁114。

二、從第四章的佛禪術語進入

　　筆者統計出第四章有關王維詩的佛禪術語約有八項，包含覺、省、悟、觀、戒、無住、無生、無心、禪、修、去蔽、慈悲與佈施等佛語，要瞭解王維詩中的南北宗思想，修行的方式、內容是關鍵，以下就分項敘述之：

（一）覺、省、悟、觀

　　南北禪宗最大的不同在於修行的方式與理念，根據神秀所論述、弟子所記載的《觀心論》所言，神秀認爲透過觀心、了心、攝心以解三毒心而得解脫，他說：

> 三界業報惟心所生。本若無心則無三界。〔註18〕

> 故知一切善業由自心生。但能攝心離諸邪惡。三界六趣輪迴之業自然消滅。能滅諸苦即名解脫。〔註19〕

> 但能攝心內照，覺觀常明。絕三毒永使消亡。六賊不令侵擾。自然恒沙功德種種莊嚴。無數法門悉皆成就。超凡證聖目擊非遙悟。在須臾何煩皓首。〔註20〕

而慧能則是認爲：

> 若言看心，心元是妄，妄如幻故，無所看也。若言看淨，人性本淨；爲妄念故，蓋覆眞如。……看心看淨，卻是障道因緣。〔註21〕

慧能並不認爲看心就能了心、明心，因爲心本來就是虛妄，如何從中得其眞諦？若依北宗法門，從心的變化中找其對治方法、進而淨盡心垢，然而心的千變萬化又豈能單找一法對治？這是慧能對觀心法的疑惑，也才會認爲這種明心的修行反而是修道的障礙。至於王維在詩中則提出覺與悟的觀點，他在〈苦熱〉中云：「卻顧身爲患，始知心未覺。」

〔註18〕參見《大正藏》第八十五冊，第 1270 頁下。
〔註19〕參見《大正藏》第八十五冊，第 1271 頁上。
〔註20〕參見《大正藏》第八十五冊，第 1273 頁上～1273 頁中。
〔註21〕參見楊曾文《敦煌新本·六祖壇經》，北京：宗教文化出版社，2001年 5 月版，頁 21。

詩人認爲倘若能覺知般若空義，一切所見、所感均非究竟，則人不論身處何境、何地都將超脫感官的束縛，「覺」比「觀」更爲深入佛諦，若說「觀」是第一層法境，則「覺」爲第二層，第三層則是「悟」法之境，北宗認爲「悟」境不可躐進，需循序漸進、層層深入，但南宗則認爲一悟即需到底，當人頓悟己心與佛心無別時，般若空與佛性有當流入自性法界、入不二中道，也因此王維在〈飯覆釜山僧〉方云：「一悟寂爲樂，此生閒有餘。」當人已體悟「諸行無常，是生滅法。生滅滅已，寂滅爲樂」的法義時，人間塵紛當脫落淨盡、法樂常在。從這兩句來看，王維在此的修行理念偏南宗；王維詩中也講「觀」，如其在〈胡居士臥病遺米因贈〉中云：「了觀四大因，根性何所有。」這裡的「觀」有明白、了解的意思，是最基本的開始，當人能明瞭宇宙萬物由四大假合結集而成的道理後，對於各人根性的善惡萌發，何以會有所不同的原因，也就能再深入探討，在此意義上是較偏北宗漸悟觀。

（二）無染、去外蔽、滅想

「無念爲宗，無相爲體，無住爲本」是慧能的思想主軸，慧能的「無」並不是斷，只是不染著，六識因受外物影響而生妄識，並送往藏識貯存形成意識種子，北宗對此種情形要求觀心去蔽，南宗則以不染來對治，前者講求意念形成後的去除，後者則在意識形成前即予化消。就王維詩而言，二者兼之，如在〈青龍寺曇壁上人兄院集〉中云：「眼界今無染，心空安可迷。」詩中稱讚僧人於六識中已不被外物垢染，無念、無住中的心是一片空靈，眼前所見自是無法誘惑上人，這是偏於南宗的三無觀。在〈酬黎居士淅川作〉中云：「儂家眞箇去，公定隨儂否？著處是蓮花，無心變楊柳。」著處指的是身處之地，詩人說出家後，無論身處何處，心中所想則處處是淨土，對人對物一律看成是增上緣，是促使自己成道的種子，當心已成就三無之境時，成就無上佛道的日子即是可見。在〈與胡居士皆病寄此詩兼示學人二首〉中云：「滅想成無記，生心坐有求。」中對空有二法進行論析，詩人指出若不斷消滅惡念、排斥醜惡不淨的一面，則最後並不會歸於至

善，反而在消除負面的同時，沾染對「淨」的執著，相對亦是如此，不斷找尋淨法，反而著滯了淨法，或是強使自己趨向不二中道，卻無不二法門的基底，終究會使自己落入無善無惡的偏執，同樣地，若一任思想橫流、不加節制，如此則思欲紛起擾心，以上二者均難入涅槃，這一思想是否定看心看淨之法，偏於南宗三無法門，人毋須強去欲思，只需明白如何讓自己透澈空義，於念而離念，念念而無住，於一切法上無住即是無縛，自是大解脫。

王維在〈遊感化寺〉中云：「抖擻辭貧里，歸依宿化城。」詩人去除人世間的煩惱，有心歸依佛門，所以借宿於佛寺，王維期許自己修行能清淨無染。在另一首〈胡居士臥病遺米因贈〉中云：「居士素通達，隨宜善抖擻。」則稱讚胡居士善於徹見煩惱本質、隨宜而行。通過這兩首詩歌，吾人可知在詩人的部份佛理解讀，仍是偏於北宗，慧能在《敦博本・六祖壇經》言：「即煩惱是菩提。」〔註22〕面對煩惱不是想辦法去除它，而是認知煩惱亦是空無，將煩惱轉化，這與北宗的看心去蔽相異，故王維在此佛義上偏向北宗。

（三）禪坐

《敦博本・六祖壇經》記載一段慧能所定義的禪定，經云：

> 今既如是，此法門中何名坐禪？此法門中一切無礙，外於一切境界上，念不起爲坐，見本性不亂爲禪。何名禪定？外離相曰禪，內不亂曰定。外若著相，內心即亂；外若離相，內性不亂。本性自淨自定，祇緣境觸，觸即亂，離相不亂即定。外離相即禪，內不亂即定。外禪內定，故名禪定。《維摩經》云：即時豁然，還得本心。《菩薩戒經》云：戒，本源自性清淨。善知識，見自性自淨，自修自作自性法身，自行佛行，自作自成佛道。〔註23〕

〔註22〕參見楊曾文《敦煌新本・六祖壇經》，北京：宗教文化出版社，2001年5月版，頁31。

〔註23〕參見楊曾文《敦煌新本・六祖壇經》，北京：宗教文化出版社，2001年5月版，頁22。

慧能明確指出其禪法不重形式上的禪坐，外離相、內心不亂即是禪定，將南宗禪歸結在「自性」的體認上〔註24〕。相對於慧能的禪坐觀，北宗禪承襲東山法門及以前的傳統，仍是以形式的坐禪看淨為主，如蕭麗華在《唐代詩歌與禪學》中所言：

> 然而北禪神秀及較早之東山法門，在初盛唐時期仍以「看淨」的靜坐方便為教，因為唐人的宴坐仍存在形式與非形式的各種樣態，甚至也綜合著道家、莊子「隱几」、「生忘」的觀念與方法。〔註25〕

王維在禪坐思想中透露自己的禪觀，他在〈藍田山石門精舍〉中云：「朝梵林未曙，夜禪山更寂。道心及牧童，世事問樵客。」詩中描述僧人在深夜坐禪，此時的山為靜默、人因禪坐而心寂，整體的氛圍就是極盡的淨靜，也因此道心旺然，激發牧童的求道心。在〈過福禪師蘭若〉中云：「欲知禪坐久，行路長春芳。」詩人稱讚僧人禪坐入定已久，如今連春草都已長高，雖然詩中並未說明僧人禪坐的時間，但從其久字與春草高長的描摹可知時間並不短。在〈投道一師蘭若宿〉中云：「鳥來還語法，客去更安禪。」此詩亦在讚揚僧人的生活除了替有情、無情的眾生說法外，其餘的時間都在禪坐修行，隨時進入安然悠遠的法界。由這三首詩的內容，吾人可知王維對禪坐的認知，偏向傳統的形式坐禪，尤其在〈過香積寺〉中所述的：「薄暮空潭曲，安禪制毒龍。」更是明顯屬於北宗禪的範圍，王維指出何以要安禪？最主要的目的就在於制服潛藏在心中的妄念，這種種欲妄都是在殘害吾人修行的毒龍，惟有透過禪定方能找出並將其降伏。

王維在〈偶然作〉中云：「愛染日已薄，禪寂日已固。」則又顯現另一種思維模式，詩人表明自己對俗世的愛欲等染著均已淡化，而且想要進入禪定寂滅的心境愈加堅定，在此是指心的禪定，作者在此

〔註24〕 參見蕭麗華《唐代詩歌與禪學》，臺北：東大圖書，2000 年 10 月版，頁 45。

〔註25〕 參見蕭麗華《唐代詩歌與禪學》，臺北：東大圖書，2000 年 10 月版，頁 46。

並無說明如何進入心的禪定，但根據陳鐵民的年譜，此詩作於開元十五年，作者時年二十七歲，尚未接觸南宗禪，故可列於北宗禪思想。在〈同崔興宗送衡嶽瑗公南歸〉中云：「一施傳心法，唯將戒定還。」詩人送別僧人遠行，讚嘆僧人承襲禪宗以心印心、以心傳心的法脈，在此的一切稱譽付之東風，如今南歸，隨身僅帶著戒律與禪定的堅固心相伴，此詩亦無明顯的南北禪語，但可從心法的傳授與行走時的心禪，再加上此詩的寫作年代約在天寶十二年，是寫〈能禪師碑〉以後的作品，南宗禪法的可行性較高。另外，亦有學者認爲詩中若有坐字者皆與禪坐相關、屬宴坐詩，但筆者認爲尚需再思考，坐與禪坐是否能等同，有待進一步的研究印證。

（四）慈悲、佈施、戒律

　　王維在〈燕子龕禪師詠〉中云：「救世多慈悲，即心無行作。」慈悲幾乎可以算是佛教的專用語，不論僧侶、信眾均是以慈悲爲懷做爲行爲的準則，此詩即是作者在稱讚禪師慈悲救世眾生，後句則強調慈悲的背後是全然的付出，絕無俗塵人的條件交換與有所目的，最明顯的例子就是梁武帝的崇佛是建立在有所求的功德上，後被達摩斥呵，如《敦博本・六祖壇經》云：

　　〔使君問〕：「弟子見說達摩大師化梁武帝，帝問達摩：朕
　　一生已來造寺、布施、供養，有功德否？達摩答言：並無
　　功德。武帝惆悵，遂遣達摩出境。未審此言，請和尚說。」
　　六祖言：「實無功德，使君勿疑達摩大師言。武帝著邪道，
　　不識正法。」使君問：「何以無功德？」和尚言：「造寺、
　　布施、供養，只是修福，不可將福以爲功德。功德在法身，
　　非在於福田。」〔註26〕

所以就佛教的修行法義上，救渡眾生就是慈悲的宗旨，是所有世尊的信徒都要具有的本懷，正如高柏園在《禪學與中國佛學》中對「慈悲」

〔註26〕參見楊曾文《敦煌新本・六祖壇經》，北京：宗教文化出版社，2001年 5 月版，頁 42。

二字的理解：

> 佛陀對人間生老病死有其深刻的感動與不安。而超越此人
> 間之苦，由是而有種種智慧之開發，此感動與不安正是悲
> 心最原始的寫照。悲心是每個人生而有之的生命感動，由
> 此感動而能自覺，進而覺他、覺行圓滿而成佛。由此看來，
> 悲心是人普遍的生命本質，也是生命自我提昇、自我完成
> 的根本動力。悲心的不安要求我們尋求智慧以解脫此痛苦
> 與不安，而種種解脫的方式既是以悲心為本，是以種種內
> 容也就是慈的內容。〔註27〕

慈悲之法義自是無分南北宗；王維在〈過盧員外宅看飯僧共題七韻〉
中云：「上人飛錫杖，檀越施金錢。」佈施是六度萬行法中的一度，
其對治的是人的貪婪心，佛教將佈施再細分為財、法、無畏等三施，
端看各人的能力與機緣進行不同的佈施，但需注意不可執著於佈施的
功德，應如《金剛經》所言的不住相佈施：「若菩薩心不住法而行佈
施，如人有目，日光明照，見種種色。」〔註28〕高柏園對此進一步說
明：

> 由此可見，布施之所以為布施，必不可住於有相，否則布
> 施本身適成執著之魔障，所謂「離一切諸相，則名諸佛」
> 又「若菩薩通達無我法者，如來說名真是菩薩。」又「若
> 菩薩有我相、人相、眾生相、壽者相，則非菩薩。」凡此
> 皆不外在指出無執的自覺與超越，正是吾人一切價值與意
> 義的存在根據。吾人之功德如果不能有此無所得之自覺，
> 則此一切功德都只是一無機的事實，一緣起的幻相，不具
> 真實的價值與意義。〔註29〕

佈施是每位修行佛道者均需力行的方向，其法義亦是無分南北宗；王
維在〈同崔興宗送衡嶽瑗公南歸〉中云：「一施傳心法，唯將戒定還。」

〔註27〕參見高柏園《禪學與中國佛學》，台北：里仁書局，2001 年 3 月版，
頁 301。
〔註28〕參見《大正藏》第八冊，第 750 頁下。
〔註29〕參見高柏園《禪學與中國佛學》，台北：里仁書局，2001 年 3 月版，
頁 205。

詩人稱讚僧人隨處不忘佛家戒律、恆持抱守，戒律對於修行者而言最是重要，其地位甚至與佛陀等同：「佛滅度後，以戒爲師。」修行最主要的目的就是讓人寡少欲望，全心救度眾生，進而與天相通、成就佛道，而要達到涅槃的境地，心靈的澄清是最基本的門檻，透過戒律保護自己的性田、並謹守道心向上實修，嚴耀中在《佛教戒律與中國社會》中進行說明：

> 無論是爲了自身解脫還是爲了普度眾生，都必須要對欲望進行最嚴格的控制，「戒律檢其性情」，要「務苦脊其身，自身口意，莫不有禁」，否則就「不能令未信者信」而「令信者退」，所以「佛教之興衰，實繫乎佛徒戒行之有無」。
> 〔註30〕

所以，戒律亦是眾修行者必備之德行，其法義亦是無分南北宗。

三、從佛教典故與佛典思想進入

王維既然被尊爲詩佛，代表其佛學根柢深厚，而就筆者所歸納分析的結果，以佛教典故來說，屬於中土典故與西域典故的詩句各有四首九處，整理如下：

中土：

1. 《慧遠》——「迸水定侵香案濕，雨花應共石牀平。」、「暮持筇竹杖，相待虎溪頭」
2. 《釋僧範》——「鳥來還語法，客去更安禪。」
3. 《釋曇邕》——「時許山神請，偶逢洞仙博。」

西域：

1. 娑羅雙樹，也稱雙林——「駐馬兮雙樹，望青山兮不歸。」爲釋迦牟尼入滅之處。
2. 雁王、衝果——「雁王銜果獻，鹿女踏花行。」
3. 香象——「積水浮香象，深山鳴白雞。」
4. 天衣迴舞、仙樂飄揚——「虛空陳妓樂，衣服製虹霓。」

〔註30〕參見嚴耀中《佛教戒律與中國社會》，上海：上海古籍出版社，2007年版，頁5。

5. 馬喻──「無煩君喻馬，任以我爲牛。」

6. 迦葉植福予貧──「植福祠迦葉，求仁笑孔丘。」

這些典故並沒有特別明顯的南北宗傾向，王維透過中土所發生的傳奇性佛教人物與神異事蹟的描述，一方面藉典故以讚揚往來的高僧德行，另一方面也是在宣揚佛教的教理及其殊勝性。若從佛典來看，據筆者的統計歸納，詩人至少熟稔《法華經》、《維摩經》、《金剛經》與《六祖壇經》，整理如下：

維摩詰經：

1. 無作無行──「救世多慈悲，即心無行作」

2. 空病空──「欲問義心義，遙知空病空」

3. 香飯──「乞飯從香積，裁衣學水田」、「香飯青菰米，嘉蔬綠筍莖」、「既飽香積飯，不醉聲聞酒」

5. 癡愛──「因愛果生病，從貪始覺貧」

6. 丘井──「逝川嗟爾命，丘井嘆吾身」

7. 宴坐──「獨有仙郎心寂寞，卻將宴坐爲行樂」

法華經：

1. 化城喻──「竹徑連初地，蓮峰出化城」、「聞道邀同舍，相期宿化城」、「抖擻辭貧里，歸依宿化城」

2. 窮子喻──「抖擻辭貧里，歸依宿化城」

3. 墨點三千界──「墨點三千界，丹飛六一泥」

4. 一乘法──「無乘及乘者，所謂智人舟」

金剛經：

1. 生滅幻夢──「有無斷常見，生滅幻夢受」

六祖壇經：

1. 心法──「一施傳心法，唯將戒定還」

根據筆者在《敦博本《六祖壇經》的禪學思想研究》中的分析，慧能深受《涅槃經》、《維摩經》、《金剛經》、《楞伽經》與《大乘起信論》的影響，故在《敦博本·六祖壇經》中蘊含相關的佛典思想。吾人由此一角度深入王維詩中的佛典思想，發現除了《楞伽經》與《大乘起

信論》的影響稀少外，幾乎整部王維詩集的佛典思想就是《六祖壇經》的主要思想源頭，論述至此，王維詩中的南北禪思想內涵就更清晰明白。

四、小結

透過此章節的論述，吾人可知在佛法的理解上、平日的日常生活，王維受南宗禪影響較深，但在實際的修持行為上，王維受北宗禪法影響較為明顯，可以歸納出幾點結論：

1. 在空、有關係上，王維主張不執空、不著有，徹悟空而不空之理，此時般若方生。此論符合慧能執持二端的三十六對法義。

2. 在修行佛法的認知上，王維認為唯有佛法能助人超脫，心存佛法、踐行佛法，則隨處是極樂淨土，此說同慧能所引《維摩詰經》的「心淨佛土淨」之說。

3. 在處理障蔽佛性的種種情纏、束縛時，王維認為這些事物的本體為空，若能萌發般若智慧，即能徹悟萬物本相而解脫。此說類於慧能所言透過無念、無住、無相的修持即可不生雜妄，只是對於煩惱等情纏，王維認為要去除它，這與慧能的於念而不念、念念不住等思維有別，雖然只是一首詩提及，但仍具參考價值；對於般若的生發，王維認為需經禪定而體悟，此說偏北宗。

4. 在修行的階次與順序上，王維認同北宗的循序漸修論。

5. 在修行的實際作為上，王維談及悟法則偏南宗，觀法則是北宗禪。

6. 在禪坐的思想上，王維無疑承繼傳統的形式禪坐，此屬北宗禪。

7. 在詩中所呈現的佛典思想，與慧能《敦博本‧六祖壇經》所表露的佛典意涵相近，此則偏南宗。

雖然筆者作出七點歸納，然而要再說明何以王維能在思維與實際修行中，可以將之二分？這在修行上是一種矛盾，然而王維本身就是有著矛盾生活的人，在仕隱之間徘徊，假設王維全面偏向北宗，詩句

中就不會有「眼界今無染」、「滅想成無記」的思考，就會如北宗所言
為讓佛性不染，故時常擦拭防其染污；若全面偏向南宗，則其「安禪
制毒龍」、「欲知禪坐久」的思考就不會出現，就會有如慧能所言「外
離相即禪，內不亂即定」的作為，就高伯園在《禪學與中國佛學》中
所言頓悟與漸修皆只是一種方便法門，並無絕對的矛盾，而是有更高
一層次統合的可能。〔註31〕所以對於王維而言，他認為禪坐可止息欲
念就用北宗禪法，他覺得要放下仕隱的困境，使用南宗禪的心淨則佛
土淨思考，官場如道場的思維亦是可行。此說或許突兀、不當，但這
是筆者的推論結果。

第二節　孟浩然

　　在盛唐眾多詩人中，孟浩然算是老大哥，王維、李白都比他小十
來歲，杜甫更小他二十多歲，他這一生絕大多數的時間都在隱居，平
生只考過一次科舉，可惜名落孫山，從此不再進入考場，雖然詩人何
以不再參加科舉的原因眾說紛云，但不論原因為何，孟浩然終生在隱
逸與遊歷中渡過。山水是「隱」與「遊」的最佳對象和場所，故其詩
作含有大量的山水景況，不僅孟詩如此，之後的王、李、杜的詩作也
有為數不少的山水詩，王志清在《盛唐生態詩學》中對此現象作出解
讀，他說：

> 盛唐山水詩的發達，與當時盛行的禪悅之風密切相關。禪
> 宗對世界人生的直覺體驗，追求的是超越經驗的內在體
> 悟，講究的是仰仗「參禪」、「頓悟」等直覺方式，以「不
> 立文字」、「公案機鋒」的直覺思維方式，獲得精神形上超
> 越的境界，正與詩歌思維的方式極其吻合。〔註32〕

〔註31〕參見高柏園《禪學與中國佛學》，臺北：里仁書局，2001 年 3 月版，
　　　　頁 137。
〔註32〕參見王志清《盛唐生態詩學》，北京：北京大學出版社，2007 年 4 月
　　　　版，頁 157～158。

孟浩然仕宦生涯坎坷，除短暫幾年在張九齡底下做過幕僚外，就再無功名，然而詩人受儒風兼濟天下的影響，詩歌中常有爲官濟民的心情，但時不我予的處境，迫使詩人轉向佛、道的懷抱，所以孟浩然的創作，自然會染上禪風，透過禪學的修持，超越人生不如意的苦痛，筆者試就其詩歌的呈現，探其禪情佛意於下：

一、從第三、四章的佛禪術語進入

孟浩然喜遊山林，而深山又多古寺廟剎，所以詩中對寺院僧人、佛相、飾物等多所著墨，在這些描述中常見詩人內心的告白，或欽羨、或省思、或讚嘆等情感流露，透過這些情感的流露，吾人得以一窺孟浩然的佛學思想及其人生觀中的佛學成份。

（一）寺院、僧徒的相關語詞、飾物、儀軌

孟浩然對於名山古剎、德高望重的僧侶常有仰慕之情，如其在〈晚泊潯陽望廬山〉中云：「嘗讀遠公傳，永懷塵外蹤。東林精舍近，日暮但聞鐘。」看到慧遠生前所居的廬山，想起讀過的慧遠行誼，如今慧遠傳法的東林道場就在不遠處，心中興奮異常。在〈雲門蘭若與友人游〉中云：「結交指松柏，問法尋蘭若。」與好友結伴至寺院探尋佛法奧祕。在〈臘八日於剡縣石城寺禮拜〉中云：「竹栢禪庭古，樓臺世界稀。」詩人讚嘆古寺之幽與建築之麗。在〈陪柏臺友共訪聰上人禪居〉中云：「出處雖云異，同歡在法筵。」描述自己與友人雖然外在的生活差異不同，但在寺院內的講堂卻是同感歡樂。

在〈本闍黎新亭作〉中云：「八解禪林秀，三明給苑才。」則是讚揚本闍黎是通解微妙佛法的佛門高僧。在〈題融公蘭若〉中云：「芰荷薰講席，松柏映香臺。」描述佛寺之莊肅與說法講席的蓮香使人法喜盈懷。在〈夜泊廬江聞故人在東林寺以詩寄之〉中云：「聞君尋寂樂，清夜宿招提。」詩人主旨在強調欲尋寂靜之樂，身宿佛寺當是首選；在〈彭蠡湖中望廬山〉中云：「久欲追向子，況茲懷遠公。」詩人嚮往隱居己久，尤其對曾居住廬山的慧遠更是仰慕。在〈疾愈過龍

泉精舍呈易業二公〉中云：「日暮辭遠公，虎溪相送出。」則云疾癒後即到龍泉精舍拜訪易、業兩位上人，彼此心心相契、相談甚歡、捨不得分別，在送行中，早已過了虎溪，整首詩透過慧遠送客不過虎溪的典故，傳達出俗、僧的情誼深醇。在〈陪張丞相祠紫蓋山述經玉泉寺〉中云：「欲就終焉志，先聞智者名。」則讚揚天台四祖智者大師，早已久聞大名，來至玉泉寺正可緬懷一番。

在〈春晚題永上人南亭〉中云：「給園支遁隱，虛寂養身和。」將永上人比擬為支遁，讚其修行之精深。在〈還山詒湛法師〉中云：「晚塗歸舊壑，偶與支公鄰。」詩人自言有幸能與支遁共同在一處先後修行，此支遁是指湛法師，讚其德行如支遁。在〈游景空寺蘭若〉中云：「龍象經行處，山腰度石關。」讚揚融禪師是佛教中的得道高僧。在〈尋香山湛上人〉中云：「法侶欣相逢，清談曉不寐。」詩人與僧人欣喜相逢，談天論地而徹夜未眠。在〈題終南翠微寺空上人房〉中云：「遂造幽人室，始知靜者妙。」在探訪上人禪房並與之深談，才知道禪者超脫境界之妙。在〈與張折衝游耆闍寺〉中云：「釋子彌天秀，將軍武庫才。」讚美耆闍寺僧們優秀非凡，如釋道安般志氣高揚。

孟浩然在詩中也提及常見的僧人儀軌名稱，如僧人平日的休憩器物即名繩床，在〈陪柏臺友共訪聰上人禪居〉中有提到：「石室無人到，繩床見虎眠。」又如在〈過景空寺故融公蘭若〉中云：「平生竹如意，猶掛草堂前。」、在〈臘八日於剡縣石城寺禮拜〉中云：「講席邀談柄，泉堂施浴衣。」此二詩中的「如意」、「談柄」都是僧人上臺說法時所持之器物。另外在〈陪張丞相祠紫蓋山述經玉泉寺〉中云：「皁蓋依松憩，緇徒擁錫迎。」詩中的錫杖是僧人所持之法器。在〈游景空寺蘭若〉中云：「龍象經行處，山腰度石關。」詩中的經行即是一種修行儀軌。較特別的是在〈本闍黎新亭作〉中云：「瑞花長自下，靈藥豈須栽。」詩中的「瑞花」是優曇花，佛教傳說若優曇花時，是吉祥降臨的瑞兆。

（二）佛法相關詞

孟浩然在詩中常表現出對佛法的渴望，希望能受到法雨的滋潤，如其在〈雲門蘭若與友人同游〉中云：「願承甘露潤，喜得惠風灑。」甘露即是佛法，詩人期盼能得高僧開示，啓迪心靈的塵垢。在〈陪柏臺友共訪聰上人禪居〉中云：「欣逢柏臺友，共謁聰公禪。」與好友一同前往拜謁聰上人故居，體悟其留存人間的高德遺風。在〈陪姚使君題惠上人房〉中云：「平窺童子偈，得聽法王經。」詩中言明自己有幸得聞能得解脫的絕妙偈言，以及上人那精彩的佛經說解。在〈題融公蘭若〉中云：「法雨晴霏去，天花晝下來。」在聆聽融公的佛法時，上天亦受感動，紛落法雨與天花，詩人字面上是指上天，其實是自己深受佛法感動。

在〈題明禪師西山蘭若〉中云：「吾師位其下，禪坐證無生。」詩人在此肯定經由禪坐等修行，可以讓人證得涅槃眞理、直至彼岸。在〈還山詒湛法師〉中云：「幼聞無生理，常欲觀此身。……道以微妙法，結爲清淨因。」詩人自言小時候就聽聞能超脫俗塵的無上佛法，並時常思考人生眞義，後二句則是詩人長大後，坦言對佛法的領悟更深，以微妙幽玄的佛法幫助自己解脫無邊煩惱，獲得清淨的果因。

（三）對佛教修行的相關體悟

孟浩然在詩中有不少對修行的體悟，對佛法義理的解讀運用，有時還有想抛下一切修佛的念頭生發，如其在〈雲門蘭若與友人游〉中云：「上人亦何聞，塵念俱已捨。四禪合眞如，一切是虛假。」詩中提及出家僧人的俗情塵念均已斷捨，他們修持禪定，一旦修至最深層的四禪時，當得其至上解脫法門、獲知眞如恆常的所在，此時，俗塵之人所感受到的眞實，對悟至無上佛法的修者而言，反而僅是四大假合所聚之物、其體爲假、空。在〈陪姚使君題惠上人房〉中云：「會理知無我，觀空厭有形。」亦是體悟到一切虛假，有形可見之物都不是眞實永存。在〈題明禪師西山蘭若〉中云：「談空對樵叟，授法與山精。」則以「空」代指佛法，由此點可知孟浩然深明般若空學。然

而一切既然是空,佛法何以要人再修行?因為與空學相對應者是佛性人人本具之有學,即是「真空生妙有」之諦,所以詩人在〈登總持浮圖〉中云:「一窺功德見,彌益道心加。」當人從空悟有後,便能悟知福德非功德,功德在法身,功德自心作,會在心性上更加用心,對於修行自是精進再三。

孟浩然對於修行的進程與歸處也有論述,他在〈登總持浮圖〉中云:「累劫從初地,為童憶聚沙。」修行無法一蹴可幾,必須一步步努力向前,無論是世尊還是佛典中的諸佛菩薩都是如此,都要從初階起始,這是不論經過多少時間都未曾改變的道理,而初階要開始就須先發菩提心,正如《法華經》所記五百童子為護佛塔所作的行為般,此說與北宗禪接近。修行的至終標的在往生淨土,他在〈臘八日於剡縣石城寺禮拜〉中云:「下生彌勒見,迴向一心歸。」詩人看見石壁上的彌勒佛像,心中衍生一股欲皈依彌勒佛、立愿往生彌勒淨土的虔誠心。在另一首〈陪張丞相祠紫蓋山述經玉泉寺〉中云:「天宮上兜率,沙界豁迷明。」則指出玉泉寺猶如彌勒佛所居之兜率宮,身心在此彌勒淨土,凡塵情纏頓感消融,靈明之心朗朗秉現。

想要死後歸向淨土,生前的修行是必要關鍵,孟浩然在詩中有提及他對修行的一些看法,如其在〈雲門蘭若與友人游〉中云:「上人亦何聞,塵念俱已捨。」、〈臘八日於剡縣石城寺禮拜〉中云:「願從功德水,從心灌塵機。」、〈武陵泛舟〉中云:「坐聽閑猿嘯,彌清塵外心。」修道的起始在發心,發心的前提在願意放下,一般人不易修行乃是因為難捨情與物的欲望追求,若能捨離欲望則佛道方能有成,所以詩人讚揚僧人的塵念已捨盡、期許自己滌盡塵情、對遠離塵俗的心志能更堅定。人間的情纏糾葛源自於己身的執迷,執滯一切為真,詩人對此有所體悟,認為要覺悟去執,他在〈陪姚使君題惠上人房〉中云:「迷心應覺悟,客思未皇寧。」、〈夜泊廬江聞故人在東林寺以詩寄之〉中云:「一燈如悟道,為照客心迷。」、〈還山詒湛法師〉中云:「念茲泛苦海,方便示迷津。」假若心能覺悟,則人生不再是

苦海，人若能覺悟，不僅己身受惠，連帶亦能指引旁人一條回天的明路。詩人還提出建立功德的重要性，他在〈臘八日於剡縣石城寺禮拜〉中云：「願從功德水，從心灌塵機。」、〈登總持浮圖〉中云：「一窺功德見，彌益道心加。」心性的復活有賴功德的注入，道心的堅定端賴功德的累積。

　　至於修行的實際作爲，孟浩然指出禪定的重要，他在〈題明禪師西山蘭若〉中云：「吾師位其下，禪坐證無生。」詩人肯定僧人經由禪坐的修行可以證得無生涅槃解脫法門，〈登總持浮圖〉中云：「坐覺諸天近，空香逐落花。」當修行者進入禪坐的甚深法界時，人已超脫三界五行的束縛、時間與空間的制約亦消逝，此時人與天地通，心與佛國淨土相連接，這些思維受北宗觀心看淨的影響深刻。所以詩人在〈還山詒湛法師〉中云：「幼聞無生理，常欲觀此身。……欲知明滅意，朝夕海鷗馴。」時常觀照此身的各種變化、消滅各種負面欲望，以使自己能與大地萬物相融通。要消滅就得先止欲，他在〈陪張丞相祠紫蓋山述經玉泉寺〉中云：「人隨逝水歿，止欲覆船傾。」當年智者大師止息所有凡塵意念在覆船山修行，故人要修行，前提當如前所言要止塵欲。

二、從佛教典故與佛典思想探入

　　孟浩然在詩中所論及的典故有十處，中土、西域各五處，中土的典故都藉由傳奇性的僧人事蹟以指當時人物，如在〈疾愈過龍泉精舍呈易業二公〉中云：「日暮辭遠公，虎溪相送出。」在此雖用慧遠送客不過虎溪的典故，以指與易、業二公相談甚歡、離情依依，另一方面也是讚揚易、業二公的德行猶如慧遠；在〈與張折衝游耆闍寺〉中云：「釋子彌天秀，將軍武庫才。」藉由釋道安所回應習鑿齒對句的「彌天釋道安」典故，稱讚在耆闍寺的僧人都像釋道安般志氣宏遠；在〈還山詒湛法師〉中云：「喜得林下契，共推席上珍。」則以竺僧朗和隱士張忠同在山林並爲印契好友的典故，慶幸自己與湛法師亦是

林下之契的知心好友；在〈韓大使東齋會岳上人諸學生〉中云：「山川祈雨畢，品物喜晴開。抗禮尊縫掖，臨流揖渡杯。」韓大使對在場的學士相當尊敬，以平等的禮節相待，並將岳上人比擬爲傳奇神僧杯度，向其作揖致意，這比擬是詩人之意或是韓大使的意向，倒也是值得玩味；在〈陪柏臺友共訪聰上人禪居〉中云：「石室無人到，繩床見虎眠。」詩人拜謁聰上人的故居，雖然人已逝景早舊，但上人德行仍存世人心中，看到禪堂遺跡，想到當年上人禪堂內有虎棲息的故事，如今觸景再生景，老虎似乎尚存留、棲息於此，此爲詩人讚揚上人德行永留。

在西域典故中，孟浩然用了五個典故代指佛寺，以及形容寺院之莊嚴猶如傳說的佛教聖地。他在〈陪張丞相祠紫蓋山述經玉泉寺〉中云：「五馬尋歸路，雙林指化城。」藉由世尊在雙林樹下涅槃的典故，闡明玉泉寺的神聖氛圍如同涅槃淨土；在〈春晚題永上人南亭〉中云：「給園支遁隱，虛寂養身和。」、〈題融公蘭若〉中云：「精舍買金開，流泉繞砌回。」、〈本闍黎新亭作〉中云：「八解禪林秀，三明給苑才。」在這三首詩中，詩人均以給孤獨長者以金買地建給園的典故，借指佛寺的清淨、佛寺與佛教的人才；在〈還山詒湛法師〉中云：「竹房閉虛靜，花藥連冬春。」詩人以伽蘭陀的竹林後改爲奉佛的精舍典故，讚揚湛法師所居之禪房、寺院清淨虛寂；在〈夜泊廬江聞故人在東林寺以詩寄之〉中云：「石鏡山精怯，禪枝怖鴿棲。」則以佛教典故中鴿因鷹逐而飛竄，直至棲至佛身方得寧的故事，讚諭東林寺的佛氛瀰漫能讓人安寧；在〈游景空寺蘭若〉中云：「寥寥隔塵事，疑是入雞山。」詩人在此以雞足山的與世隔離、高人於此修行的象徵，讚美佛寺的脫俗無染。

孟浩然在詩中明顯引用三部佛典，詩人至少熟稔《法華經》、《維摩經》、《彌勒下生經》，整理如下：

法華經：

1. 童子戲沙——「累劫從初地，爲童憶聚沙」

　　2. 化城喻——「五馬尋歸路，雙林指化城」

維摩經：

1. 香積佛品 ——「捨舟入香界，登閣憩旃檀」

2. 香積佛品 ——「地偏香界遠，心靜水田開」

彌勒下生經：

1. 彌勒下生——「下生彌勒見，迴向一心歸」

孟浩然透過童子戲沙的比喻，表達修行佛道當從初階往上，若無爲法忘軀的修行精神與犧牲的覺悟，佛道將難以成就。再經由化城的比喻與香積佛國的指喻，佛寺存在之殊勝躍然而現。再藉由佛教彌勒佛將來會下生人間的記載，詩人在此先表明自己欲皈依之心。除《彌勒下生經》外，《法華經》、《維摩經》再次出現在盛唐詩人的作品中，可見大乘經典流行於當時，文人受其影響甚深。

三、小結

　　綜而論之，孟浩然詩中之禪思佛意雖多，但仍未如王維已信佛的階段，尚屬近佛、親佛的階段，筆者之所以認爲如此，肇因於其詩中的禪情佛意大都是詩人遊覽山林院寺而來，因人在寺院、或詩人正與僧人對談、或經過名山名寺想到名僧等情況，心中有所感觸而抒發出來，有時描寫佛殿之高大莊嚴，有時仰慕僧人德行，有時表達自己欲入空門之志，而非在行住生臥中，時刻以佛徒身份自處。孟浩然詩中北宗禪思想較多，如「塵念俱已捨」、「禪坐證無生」、「坐覺諸天近」、「煩惱業頓捨」、「四禪合眞如」、「常欲觀此身」、「止欲覆船傾」等；屬南宗禪則有「迷心應覺悟」、「一燈如悟道」、「應知不染心」等詩句，誠如周裕鍇在《中國禪宗與詩歌》中所言：「事實上，王維的時代詩人們接受的基本上都是北宗的禪法。」〔註33〕將這句詩與孟詩相互對照實屬確當。

〔註33〕參見周裕鍇《中國禪宗與詩歌》，台北：麗文文化，1994年出版，頁69。

第八章　結　論

　　綜觀前七章所論，此本論文所完成的研究成果有兩點，首先是分析盛唐詩中對佛禪語典的運用狀況，從中吾人得出盛唐詩人與佛禪的一番容貌；再來是釐清王維詩中所屬南北禪意涵的不同說法，確認王維詩與南北二宗的系聯。以下分點做說明。

一、研究成果

（一）盛唐詩中對佛禪語典的運用狀況

　　筆者在第三章所分析的佛禪術語，發現到盛唐詩人對佛學之了解相當透澈，所用佛語多樣，如描述佛法、佛教的相關稱謂就有空門、空林、法雲、四達、甘露、蓮花法藏、青蓮、法雨、佛雨、法微、微妙法、大法鼓、淨教、眞法、眞機、妙教、寶筏、了義、醍醐、梵法、一燈、東山、佛尊、道、道門、妙道、妙宗、偈、一音、法要、第一義、大乘、一乘、了義等名稱，會有如此多相近的稱呼，也是因爲盛唐詩格律嚴整，儘量要避免一首詩中重覆的字詞出現，另外也是作者對佛義有相對的閱讀才能舉出這些詞語。筆者在此章節中整理出六類佛禪術語，從中可明白盛唐時佛教的繁興。

　　其中在佛教名人的探析中，東晉慧遠是最被盛唐詩人所提及的高僧，慧遠提倡唸經修道，並立願將來要往生阿彌陀佛所建的西方極樂

世界，所以被稱爲淨土宗的倡導者、初祖。他分別被七位詩人直接提及，分散在十六首詩歌中，而且都是讚揚其德行高遠之詞，這反映出當時特別推崇慧遠，吾人從這個現象可以明白一點：盛唐因士大夫、詩人對慧遠德行的推崇，影響庶民的跟隨，促進唸佛成佛的淨土宗盛行；在禪坐的分析中，雖然南宗禪在神會北上衛法後已受肯定，但在盛唐詩人對禪坐的修行理解上，仍是以北宗禪的實體坐禪爲主，這可反映南宗禪的行住坐臥皆修禪的教法尚未全面普及。

筆者在第四章所探討的佛禪術語中，共分四節，底下再分別歸類覺、悟、證、觀、照、無住、六度萬行、懺悔、誓、願、度、息心、滅想、抖擻、去外蔽、捨、無相、慈悲、慈航、救等詞語。佛教修行雖分救度眾生的外王實作、與修養心性的內聖功夫，但成佛要素不在你究竟渡化多少人，這只是成佛的一小部分要素，最重要的是自己的心性是否已明心見性，所以如何促使自己去心蔽、復其本來面目，是自古佛教僧人教育弟子的重點，故後來禪宗發展出許多公案、語錄即是由此而來。若照筆者所歸納出的這二十個術語實踐，則明心見性指日可待，尤其是六度萬行法、懺悔與誓願這三者，若能努力持修，外王內聖均有收獲。

筆者在第五章探討盛唐詩中的佛典典故，分爲中土二十個、西域十三個，就中土典故來說，大都是唐以前的名僧或傳奇性僧人：廬山慧遠、杯度、釋道安、支遁、竺法蘭、窺基、湯休、白足和尚、竺法潛、慧可、竺僧朗、萬迴、釋僧範、釋曇邕、楚金等人。這些僧人有些除德高望重爲人所熟知外，其餘還是他們本身具有神通力，從中吾人也可以了解佛教傳入中土時，剛開始是以神通使人信服，也因這些神通太神妙而廣爲流傳，才會被文人所知記載於詩句中，最有名的神通展現如禪宗初祖達摩的面壁三年，據傳達摩三年不吃不喝在山洞裡等待傳人，還有二祖神光爲法忘軀而斷臂的勇氣等等；至於西域十三個典故中，很多都與釋迦牟尼前生、今生的修行故事有關：雪山童子、金園、給園、獨園、竹園、馬喻、鴿隱佛影、雞足山、共命鳥、天上

天下，唯我（吾）獨尊、天衣迴舞、仙樂飄飄、香象、雁王等等。由詩人所舉例子來看，盛唐詩人確實對佛教有實在的了解，要不然是難以舉出這些西域典故。由這些詩人所引的典故來看，淨土的他力援引這麼受歡迎也就可知，佛法修行必需有堅強的毅力與意志，若能有人相助一臂之力，就可減少這些歷程，所以詩人常引這些傳奇人物、事蹟，有時是在透露企望、欽慕他力的助緣。

筆者在第六章探討盛唐詩中的佛典意涵，總共找出八部佛典，這些例子都是很明確指出佛典名稱、或引出佛典教義、或引用佛典字句，完全沒有想當然爾的判斷，分別是《維摩詰經》、《妙法蓮華經》、《彌勒下生經》、《楞伽經》、《般若波羅蜜多心經》、《金剛般若波羅蜜經》、《六祖壇經》、《摩訶止觀》等。由這些分析也可看出當時所流行於大眾的佛經，根據龔賢在《佛典與南朝文學》所言，南北朝最流行的佛典是《維摩詰經》、《妙法蓮華經》與《大般涅槃經》，盛唐沿襲南朝兩本經典，惟有《大般涅槃經》未見詩人引用，就筆者所研究，《大般涅槃經》最主要在闡述「一切眾生，悉有佛性」的論點，這一教義到盛唐已廣為人知，甚至論點已是建立在此之上的頓悟、漸悟說，再由盛唐詩人所引用的《金剛般若波羅蜜經》、《楞伽經》來看，當時已是在討論空有、掃相的問題，佛性的討論也就逐漸消失。所以，經由分析出來的流行佛典，除可知盛唐的佛學議題，與南朝流行佛典比較，亦可知佛教思想的演進。

（二）王維詩中的南北禪意涵確認

筆者先羅列各學者對此問題的論點：認為王維受南宗禪影響較深；認為王維受北宗禪影響較深；禪宗本是儒、道、釋三教融合的中國產物，王維思想是三教融合的典型表現；王維於佛門各宗派，確是普示禮敬，不主一派，又擇善而從，融通諸宗，表現出盛唐高士豁達的器度與自主的睿智；最多只能說他對整體禪宗義理有深厚的學養與理解，而難以將之歸於哪一派門；從佛學經典出發，用以說明王維受佛學的影響；認為王維詩存有三教思想，他對佛教思想的汲取只是出

於自己的需要，並不等同於他贊成或接受佛教思想，因為王維有意融合三教思想等等。在這麼複雜多元的論點下，筆者採用統計法，逐首逐句加以分析探討，在粗略將各種類別的佛語分出後，筆者在第七章深入探究其詞意，得出總結：在佛法的理解上、行住臥坐的日常生活，王維受南宗禪影響較深，但在實際的修持行為上，王維受北宗禪法影響較為明顯，其思考與作為雖是矛盾，然而這就是王維本身的矛盾寫照。

二、研究的困境與未來展望

通過統計學的研究，的確可以精準剖析資料，並從中判斷是非，如筆者在〈緒論〉所言，並不贊同將某些描述田園山景的詩句歸入禪詩，因為此解並非絕對，這是從統計學所得來的結論，然而，以硬綁綁的統計表格要說明富含禪意的詩句，往往極有隔閡；困境之二是詩句如此之多，筆者是否有遺漏或是未解到的詩句，也常讓筆者寢食難安；困境之三是佛典如此浩瀚，筆者的佛學素養並非全知全能，經常擔心是否會錯解佛義。

這篇論文並非就此結束，其仍可再發展其餘研究，例如李白、杜甫的佛學思想真如現今學者所言，還是可從統計資料中再發現新意？或是盛唐詩與中、晚唐詩的佛禪語典運用有何異同？甚至可再延伸至宋詩的比較研究。這條詩歌與佛禪語典的關係研究，似乎是一條不見終點的路，也期盼有更多的有志之士能一同徜徉於詩禪的世界中。

參考書目

一、佛典

1. 《大正新修大藏經》，台北：大藏經刊行會，傳正有限公司，2001年版。
2. 《大正藏·大唐西域記》第五十一冊。
3. 《大正藏·佛祖統記》第四十九冊。
4. 《大正藏·佛祖歷代通載》第四十九冊。
5. 《大正藏·宋高僧傳》第五十冊。
6. 《大正藏·法苑珠林》第五十三冊。
7. 《大正藏·洛陽伽藍記》第五十一冊。
8. 《大正藏·神僧傳》第五十冊。
9. 《大正藏·高僧傳》第五十冊。
10. 《大正藏·景德傳燈錄》第五十一冊。
11. 《大正藏·經律異相》第五十三冊。
12. 《大正藏·釋迦氏譜》第五十冊。
13. 《大正藏·續高僧傳》第五十冊。
14. 《卍新纂續藏經》，第六十六冊。

二、專書

1. 《六祖壇經流行本、敦煌本合刊》，臺北：慧炬出版社，2001年11月版。
2. 《景印文淵閣四庫全書》，臺北：商務印書館，1983年版。

3. 《續修四庫全書》，上海：上海古籍，1995 年版。

4. 丁放等著《盛唐詩壇研究》，北京：北京大學出版社，2012 年 9 月版。

5. 王志清《盛唐生態詩學》，北京：北京大學出版社，2007 年 4 月版。

6. 王志清《縱橫論王維》，濟南：齊魯書社，2008 年 7 月版。

7. 王美玥《詩情與戰火——論「盛唐之音」的美學議題》，臺北：秀威資訊，2007 年 7 月版。

8. 王琦注《李太白全集》，北京：中華書局，2008 年 3 月版。

9. 王長俊《詩歌意象學》，安徽：文藝出版社，2000 年 8 月版。

10. 白金銑《唐代禪宗懺悔思想研究》，臺北：文史哲出版社，2009 年元月版。

11. 任繼愈《漢魏佛教思想論集》，北京：人民出版社，1998 年 5 月版。

12. 印順《中國禪宗史》，新竹：正聞出版社，1998 年 1 月版。

13. 朱熹編註《四書集註・論語卷》，臺北：文化圖書公司，1997 年 12 月版。

14. 何寄澎〈〈錯誤〉賞析〉，《中國新詩賞析 1》，1987 年 2 月出版。

15. 何劍平《中國中古維摩詰信仰研究》，四川：巴蜀書社，2009 年 6 月版。

16. 吳言生《禪宗思想淵源》，北京：中華書局，2001 年 9 月版。

17. 李開濟《般若波羅蜜多心經研究》，臺北：文津出版社，1998 年 8 月版。

18. 邢東風釋譯《神會語錄》，高雄：佛光出版社，2000 年 1 月版。

19. 周裕鍇《中國禪宗與詩歌》，台北：麗文文化，1994 年出版。

20. 周慶華《佛教與文學的系譜》，臺北：里仁書局，1999 年 9 月版。

21. 林柏儀《王維詩研究》，高雄：高雄師範大學國文系碩士論文，2006 年 2 月。

22. 段曹林在《唐詩句法修辭研究》，福建：海風出版社，2005 年 2 月版。

23. 侯迺慧《唐詩主題與心靈療養》，臺北：三民書局，2006 年 5 月版。

24. 姜光斗〈輞川詩與南宗禪〉，《王維研究・第一輯》，大陸：中國工人出版社，1992 年 9 月出版。

25. 星雲《金剛經講話》，臺北：佛光文化，2002 年 7 月版。

26. 洪修平《國學舉要・佛卷》，武漢：湖北出版社，2002 年 9 月版。

27. 胡遂《佛教禪宗與唐代詩風之發展演變》，北京：中華書局，2007年4月版。

28. 孫昌武《中國文學中的維摩與觀音》，天津：天津教育出版社，2006年1月版。

29. 孫昌武《佛教與中國文學》，台北：東華書局，1989年12月版。

30. 孫昌武《詩與禪》，臺北：東大圖書，1994年8月版。

31. 袁行霈《唐詩風神及其他》，香港：香港城市大學出版社，2005年版。

32. 高柏園《禪學與中國佛學》，台北：里仁書局，2001年3月版。

33. 張海沙《曹溪禪學與詩學》，北京：中國社會科學出版社，2009年6月版。

34. 畢士奚《王昌齡詩歌與詩學研究》，江西：人民出版社，2008年10月版。

35. 許鶴齡《六祖慧能的禪學思想》，臺北：雲龍出版社，2001年8月版。

36. 陳伯海《嚴羽和滄浪詩話》，臺北：萬卷樓圖書，1993年4月版。

37. 陸侃如、馮沅君《中國詩史》，天津：百花文藝出版社，2000年5月版。

38. 章尚正《中國山水文學研究》，上海：學林出版社，1997年出版。

39. 章鑄等著《中國詩歌美學史》，吉林：吉林大學出版社，1994年10月版。

40. 傅紹良《盛唐文化精神與詩人人格》，臺北：文津出版社，1999年6月版。

41. 傅德岷、盧晉主編《唐詩鑑賞辭典》，上海：上海科學技術文獻出版社，2010年1月版。

42. 湯用彤《漢魏兩晉南北朝佛教史》，臺北：駱駝出版社，1996年1月版。

43. 楊曾文《唐五代禪宗史》，北京：中國社會科學出版社，1999年5月版。

44. 楊曾文《敦煌新本‧六祖壇經》，北京：宗教文化出版社，2001年5月版。

45. 葉嘉瑩《葉嘉瑩說詩講稿》，北京：中華書局，2008年1月版。

46. 詹瑛《唐詩》，台北：群玉堂（國文天地關係企業），1992年7月版。

47. 廖明活《中國佛教思想述要》，臺北：商務印書館，2006年8月版。

48. 榮新江《宗教信仰與社會》，上海：辭書出版社，2003 年 8 月版。

49. 鄭朝通《王維、柳宗元生命情調之研究》，嘉義：南華大學文學系碩士論文，2006 年元月。

50. 蕭麗華《王維——道心禪悅——詩佛》，台北：幼獅文化事業，1991 年元月出版。

51. 蕭麗華《唐代詩歌與禪學》，臺北：東大圖書，2000 年 10 月版。

52. 蕭繼宗《孟浩然詩說》，臺北：商務印書館，1985 年 6 月版。

53. 賴永海《楞伽經》，臺北：佛光文化，2000 年 11 版。

54. 儲仲君《劉長卿詩編年箋注》，北京：中華書局，1999 年 11 月版。

55. 謝邦昌《統計學觀念及應用》，臺北：華立圖書，2009 年版。

56. 譚朝炎《紅塵佛道覓輞川》，北京：中國社會科學出版社，2004 年 5 月版。

57. 羅宗強《隋唐五代文學思想史》，北京：中華書局，2005 年 7 月版。

58. 嚴耀中《佛教戒律與中國社會》，上海：上海古籍出版社，2007 年版。

59. 蘇珊玉《盛唐邊塞詩的審美特質》，臺北：文津出版社，2000 年 11 月版。

60. 顧敦鍒《佛教與中國文化》，臺北：大乘文化出版社，1978 版。

61. 龔賢《佛典與南朝文學》，南昌：江西人民出版社，2008 年 4 月版。

三、詩歌專書

1. 仇兆鰲：《杜詩詳注》，台北：里仁書局，1980 年 7 月版。

2. 王琦：《李太白全集》，北京：中華書局，2008 年 3 月版。

3. 李國勝：《王昌齡詩校注》，台北：文史哲出版社，1973 年 10 月版。

4. 佟培基：《孟浩然詩集箋注》，上海：上海古籍出版社，2009 年 4 月版。

5. 陳鐵民：《王維集校注》，北京：中華書局，2008 年 7 月版。

6. 廖立：《岑嘉州詩箋注》，北京：中華書局，2004 年 9 月版。

7. 劉開揚：《高適詩集編年箋註》，北京：中華書局，2008 年 9 月版。

8. 羅琴、胡嗣坤：《李頎及其詩歌研究》，成都：巴蜀書社，2009 年 3 月版（此書上編是李頎詩集校注）。

四、期刊論文

1. 沈謙：〈從何其芳到鄭愁予──比較評析「花環」與「錯誤」〉，《中國現代文學理論》第一期，1996 年 3 月出版。

2. 李嘉瑜〈論杜甫「以禪論詩」的因緣及美感經驗〉，《中國文化月刊》第 230 期，1999 年 5 月出版。

3. 邱瑞祥〈禪學理念與王維山水詩創作手法〉，《王維研究・第一輯》，大陸：中國工人出版社，1992 年 9 月出版。

4. 魯克兵〈王維與杜甫的交游及其對杜甫禪詩的影響〉，《杜甫研究集刊》第 105 期，2010 年第三期。

附錄一　與佛寺相關的泛稱

　　幾乎所有入禪的盛唐詩人無不在詩中提到佛寺，或者在漫遊佛寺與佛塔、或者指涉修行之地、或者論述講經場所，而詩人們亦透過各種不同的代稱提及佛寺的相關意涵，但因詩中太過常見，故不列入本文探討，以附錄方式呈現。以下就筆者的整理，分述如下：

（一）法堂、法筵、講席、香臺

1	嚴壑轉微逕，雲林隱法堂（王維〈過福禪師蘭若〉・頁 593）	「法堂」意思可解為佛寺中演說佛法的講堂、或指佛寺、或他宗云講堂、禪家云法堂；「法筵」、「講席」，指講經說法者的座席，後引申指講說佛法的集會。
2	兜率知名寺，真如會法堂（杜甫〈上兜率寺〉・頁 992）	
3	靈境信為絕，法堂出塵氛（全唐詩・裴迪〈青龍寺曇壁上人院集〉・頁 1312）	
4	天書到法堂，朽質被榮光（全唐詩・獨孤及〈暮春於山谷寺上方遇恩命加官賜服酬皇甫侍御見賀之作〉・頁 2764）	
5	朝游天苑外，忽見法筵開（全唐詩・儲光羲〈苑外至龍興院作〉・頁 1411）	
6	出處雖云異，同歡在法筵（孟浩然〈陪柏臺友共訪聰上人禪居〉・頁 41）	
7	講席邀談柄，泉堂施浴衣（孟浩然〈臘八日於剡縣石城寺禮拜〉・頁 77）	
8	芰荷薰講席，松柏映香臺（孟浩然〈題融公蘭若〉・頁 97）	

　　王維在〈過福禪師蘭若〉中提及福禪師的寺院,隱身在蜿蜒複雜的山間小路裡;杜甫〈上兜率寺〉中言及兜率寺是知名佛寺,是得以使人一明真如佛性之地;孟浩然在〈陪柏臺友共訪聰上人禪居〉中談及陪御史訪聰上人禪室時,心有所感而提出御史為仕、我在野、聰上人則為出世者,三者身份雖異,但如今均在此禪室共浸法雨、心生法喜。在〈臘八日於郯縣石城寺禮拜〉中提及至石城寺禮拜時,聽到講席上僧人所闡述的佛法精深處,彷彿在泉堂洗浴淨身般心垢皆落,詩人在此意指聽聞佛法猶如世尊捨施浴衣般,能使受法雨潔淨的身心鍍上護膜。在〈題融公蘭若〉中則言參訪融公蘭若時,其佛殿說法處的莊嚴氛圍,不僅有松柏相倚,更有芰荷香氣環繞;裴迪則在〈青龍寺曇壁上人院集〉中讚揚青龍寺的莊嚴肅穆,常人身處其中信佛更誠,整座寺院的氛圍不似在凡塵,藉此引出在此居住的曇壁上人更顯不凡。詩人用靈境與法堂相對,更顯佛寺、佛徒之清靈;儲光羲在〈苑外至龍興院作〉中述遊賞之際,無意中看到龍興寺,詩人以「開」作為見到龍興寺的念頭,筆者以為透過莊嚴的佛寺使煩心放下、心情大開,故在最後一句云:「飄飄仙步回。」;獨孤及則在〈暮春於山谷寺上方遇恩命加官賜服酬皇甫侍御見賀之作〉中提及朝廷官書來至山谷寺,下句的朽質可比為己身或寺院本身,因官書的到來而顯得榮耀萬分。佛寺本是塵外清淨地,理應佛光燦然,而詩人以紅塵官書的來到,象徵人地時的同步光彩,此映襯對照可顯其志歸。

(二)蘭若

1	無著天親弟與兄,嵩丘蘭若一峰晴(王維詩〈過乘如禪師蕭居士嵩丘蘭若〉‧頁 111)	「蘭若」,指寺院。梵語"阿蘭若"的省稱。意為寂淨無苦惱煩亂之處。
2	晝涉松路盡,暮投蘭若邊(王維詩〈投道一師蘭若宿〉‧頁 196)	
3	結交指松柏,問法尋蘭若(孟浩然〈雲門蘭若與友人游〉‧頁 8)	

4	絕頂小蘭若，四時嵐氣凝（岑參〈寄青城龍溪奐道人〉，頁 89）
5	蘭若向西開，峨眉正相當（岑參〈上嘉州青衣山中峰題惠淨上人幽居寄兵部楊郎中〉，頁 149）
6	聞有胡僧在太白，蘭若去天三百尺（岑參〈太白胡僧歌〉，頁 404）
7	蘭若無人到，真僧出復稀（全唐詩・祖詠〈題遠公經臺〉，頁 1334）
8	蘭若門對壑，田家路隔林（全唐詩・綦毋潛〈題招隱寺絢公房〉，頁 1370）
9	巫山不見廬山遠，松林蘭若秋風晚（杜甫〈大覺高僧蘭若〉，頁 1801）
10	先踏爐峰置蘭若，徐飛錫杖出風塵（杜甫〈留別公安太易沙門〉，頁 1935）

　　王維在兩首中均以蘭若指佛寺，他將乘如禪師與蕭居士比擬為無著和天親兄弟，他們居住在嵩山的一座晴朗山峰中的寺院。在第二詩則言傍晚投宿在道一禪師所居的寺院中；孟浩然則在〈雲門蘭若與友人游〉中言與友人一同前往尋找寺院，其意在求取佛法以得超越；岑參則在〈寄青城龍溪奐道人〉說山上有座寺院，四時均有雲集籠罩其中。在〈上嘉州青衣山中峰題惠淨上人幽居寄兵部楊郎中〉說佛寺的方位向西。在〈太白胡僧歌〉則言在太白山上有胡僧，其所居寺院距離三界諸天僅有三百尺之遙，形容其深居潛行，旁人尋找不易；祖詠〈題遠公經臺〉中云至往昔謝靈運拜見慧遠時，所留存下來的翻經台故址，心中深有所感，經台尚在，然當年高僧風範卻已不存，回想那時拜見慧遠的盛況，如今佛寺竟是人煙少至，詩人在感嘆之餘，亦心念一轉，在最後二句言：「世間長不見，寧止暫忘歸。」人雖少，佛寺則恢復其靜幽之境，身處其中令人忘卻世塵；綦毋潛在〈題招隱寺絢公房〉中所言的蘭若即指招隱寺，兩句意在說明其地理位置偏離人居，在雲霧繚繞的深山；杜甫在〈大覺高僧蘭若〉中提到要拜訪大覺和尚，來到其所居佛寺，但其已遠離，從內容可見杜甫對其崇敬之意，

以慧遠代指大覺，詩人點出此時季節爲秋，在秋風吹拂下，僧人的遠離，使得寺院與詩人之心，更顯不遇的愁惘。在〈留別公安太易沙門〉中，杜甫則言太易僧人於爐峰建置寺院道場，等待有一天能手持錫杖而出，臻至功果圓滿、超塵脫俗。

（三）招提

1	高處敞招提，虛空詎有倪（王維〈青龍寺曇壁上人兄院集〉‧頁228）	「招提」，其義爲四方。四方之僧稱招提僧，四方僧之住處稱爲招提僧坊。 北魏太武帝造伽藍，創招提之名，後遂爲寺院的別稱。
2	聞君尋寂樂，清夜宿招提（孟浩然〈夜泊廬江聞故人在東林寺以詩寄之〉‧頁140）	
3	招提此山頂，下界不相聞（全唐詩‧綦毋潛〈題靈隱寺山頂禪院〉‧頁1370）	
4	太室三招提，其趣皆不同（全唐詩‧儲光羲〈至閑居精舍呈正上人〉‧頁1383）	
5	輕策臨絕壁，招提謁金仙（全唐詩‧閻防〈晚秋石門禮拜〉‧頁2842）	
6	招提何清淨，良牧駐軒蓋（高適〈同馬太守聽九思法師講金剛經〉‧頁323）	
7	已從招提遊，更宿招提境（杜甫〈遊龍門奉先寺〉‧頁1）	
8	招提憑高岡，疏散連草莽（杜甫〈太平寺泉眼〉‧頁599）	

　　王維在〈青龍寺曇壁上人兄院集〉中描述青龍寺的地勢高廣，似乎身處虛空之中而無有邊際；孟浩然在〈夜泊廬江聞故人在東林寺以詩寄之〉中提及聽聞故人爲尋佛家寂滅爲樂的境界，今已至東林寺住宿，故作此詩以寄，末二句還交待故友若眞有所悟，尚盼請其爲己開悟：「一燈如悟道，爲照客心迷。」在一般人的認知，佛寺與清靜是等同的語句，但在修佛者心中，在清靜中得取寂樂才是眞諦，此「寂」字分判俗佛二境，加深僧俗異同，亦顯佛院之殊勝；綦毋潛在〈題靈隱寺山頂禪院〉中形容山頂禪院的地勢高深，宛如自成一界，其寺清靜幽契，與紅塵俗界彷若二分、不相聞問；儲光羲在〈至閑居精舍呈

正上人〉則說太室山上有三座佛寺，它們都各自有其不同的趨向與氛圍；閻防在〈晚秋石門禮拜〉則說自己輕裝策馬來至絕險峭壁，其意在禮拜座落於此的寺院神佛；高適在〈同馬太守聽九思法師講金剛經〉中讚賞九思法師講經精湛、所居之寺清淨超然，使人流連忘返，寺中達官顯宦時常駐足；杜甫在〈遊龍門奉先寺〉中說自己在奉先寺遊覽並夜宿於此。在〈太平寺泉眼〉則云太平寺位於高的山脊之中。

（四）精舍、精廬

1	競向長楊柳市北，肯過精舍竹林前（王維〈同比部楊員外十五夜遊有懷靜者季〉·頁260）	「精舍」，道士、僧人修煉居住之所；「精廬」，指佛寺、僧舍。
2	天花滿南國，精舍在空山（全唐詩·儲光羲〈送王上人還襄陽〉·頁1414）	
3	溪上遙聞精舍鐘，泊舟微徑度深松（全唐詩·郎士元〈柏林寺南望〉·頁2778）	
4	石林精舍武溪東，夜扣禪關謁遠公（全唐詩·郎士元〈題精舍寺〉·頁2779）	
5	東林精舍近，日暮但聞鐘（孟浩然〈晚泊潯陽望廬山〉·頁6）	
6	傍見精舍開，長廊飯僧畢（孟浩然〈疾愈過龍泉精舍呈易業二公〉·頁79）	
7	精舍買金開，流泉繞砌回（孟浩然〈題融公蘭若〉·頁97）	
8	偶茲精廬近，數預名僧會（岑參〈終南兩峰草堂〉·頁193）	

　　王維〈同比部楊員外十五夜遊有懷靜者季〉中的背景是元宵節，詩中提及元宵當晚家家戶戶熱鬧的場景，大家都往熱鬧的地方遊玩，並不會有人逛至佛寺；儲光羲在〈送王上人還襄陽〉中對王上人的離開感到不捨，詩中讚揚上人講法精深，已至天女散花的境界，上人離開後，隸屬南國的襄陽，因有上人的妙法駐足，將會是天花落不止的盛況，此地的佛寺只能孤單地聳立在空曠的深山之中，等候上人的回歸；郎士元在〈柏林寺南望〉中描述他於渡溪中，聽聞遠處柏林寺的

梵鐘響起，他停好船進入松柏林立的幽深秘徑。在〈題精舍寺〉則言
露台寺的地理位置，以及夜宿寺中，欲禪坐深契慧遠所言淨土妙處，
期能到達此境並拜謁慧遠；筆者讚同蕭繼宗在《孟浩然詩說》中對〈晚
泊潯陽望廬山〉的解讀：「遠公杳矣，東林猶存，遺跡可尋。苦在旅
泊之中，雖近亦不得攀躋，但聞鐘聲出寺，徒繫『永懷』也。」雖見
東林寺即在眼前，想一訪慧遠故居，卻是無法成行，只能耳聞鐘聲而
心仰慕。孟浩然在〈疾愈過龍泉精舍呈易業二公〉中言己正步行山林，
見一座龍泉精舍，此時寺中僧人午膳已用畢。在〈題融公蘭若〉中則
是藉由給孤獨長者布金買地建精舍的典故，讚揚佛寺之殊勝，在此指
融公講經說法處，而且精舍四周更有流泉迴旋環繞；岑參在〈終南兩
峰草堂〉詩中描寫居終南草堂的生活，草堂離佛寺很近，所以常能參
與眾多高僧的講經論法。

（五）禪宮、禪室、禪戶、禪庭、禪亭、禪龕、花龕

1	龍鍾一老翁，徐步謁禪宮（王維〈夏日過青龍寺謁操禪師〉，頁362）	「禪房」、「禪戶」、「禪室」，佛徒習靜之所，泛指寺院；「禪庭」、「禪林」，猶禪院；「禪亭」，指寺院；「禪龕」，指佛堂；「花龕」，指佛塔。
2	大師神杰貌，五岳森禪房（李頎詩〈題神力師院〉，頁16）	
3	禪戶積朝雪，花龕來暮猿（李頎〈無盡上人東林禪居〉，頁62）	
4	禪室吐香爐，輕紗籠翠煙（李頎〈送綦母三寺中賦得紗燈〉，頁144）	
5	禪宮分兩地，釋子一為心（全唐詩·儲光羲〈題虬上人房〉，頁1411）	
6	雲扶踴塔青霄庫，松蔭禪庭白日寒（全唐詩·獨孤及〈登山谷寺上方答皇甫侍御臥疾闕陪車騎之後〉，頁2769）	
7	已能持律藏，復去禮禪亭（全唐詩·皇甫冉〈送志彌師往淮南〉，頁2811）	
8	禪室繩床在翠微，松間荷笠一僧歸（全唐詩·秦系〈秋日送僧志幽歸山寺〉，頁2892）	

9	禪室遙看峰項頭，白雲東去水長流（全唐詩・秦系〈宿雲門上方〉・頁 2893）
10	山頭禪室掛僧衣，窗外無人溪鳥飛（孟浩然〈過融上人蘭若〉・頁 338）
11	竹栢禪庭古，樓臺世界稀（孟浩然〈臘八日於郯縣石城寺禮拜〉・頁 76）
12	八解禪林秀，三明給苑才（孟浩然〈本闍黎新亭作〉・頁 405）
13	野寺根石壁，諸龕遍崔嵬（杜甫〈山寺〉・頁 1059）

　　王維在〈夏日過青龍寺謁操禪師〉中自稱自己是個老態龍鍾的人，今日慢步緩行來至青龍寺參拜；李頎在〈題神力師院〉中言神力僧是德高望重者，所居之地正如其高遠德行般，位處峻嶺高峰上的莊嚴佛寺中。在〈無盡上人東林禪居〉中言及當日至無盡上人所居寺院的景況，早上在寺院中下了一陣雪，地上猶存積雪，傍晚時，寺院來了猿猴閒逛，此二句氛圍悠閒。在〈送綦毋三寺中賦得紗燈〉中則言佛寺中香煙嬝嬝，紗燈彷彿籠罩著一層煙霧；儲光羲在〈題虯上人房〉中言及虯上人無論身在何方，其修行之心從未更改；獨孤及在〈登山谷寺上方答皇甫侍御臥疾闕陪車騎之後〉中描述禪宗三祖舍利塔深入雲霄之上，塔寺中松陰濃密，若白天身處其中仍甚覺微寒；皇甫冉在〈送志彌師往淮南〉詩中讚揚志遠師對佛經中的律藏甚有體悟，遠去傳法前，再次禮拜秉告世尊；秦系在〈秋日送僧志幽歸山寺〉中言及志幽禪師返回山寺的風采，山寺在山中彎曲不平的深處，禪師帶著斗笠穿梭在松林密陰間。在〈宿雲門上方〉中則言雲門寺外的地理樣貌；孟浩然在〈過融上人蘭若〉中言融公所居的景空寺一景，寺中僧徒靜修之禪室掛著僧衣，從禪室遠望只有飛鳥而無人蹤。在〈臘八日於郯縣石城寺禮拜〉中則言石城寺的景觀，寺中種滿年代久遠的竹柏，輝映著院剎之古，其樓閣高聳壯麗，登上遠望只覺世界之大而人生之渺小。詩人用竹柏之古相對下句的世界之大，在時間與空間的相映下，

佛寺超時越空的形象卓然挺立。在〈本闍黎新亭作〉中則是在稱讚「本闍黎」的德行高遠，是僧人、寺院中的傑出人才；杜甫〈山寺〉中描述山寺破敗之景，樹根已伸入寺中牆壁，各個佛龕亦因年久失修而出現崎嶇不平的樣貌。

（六）梵宇、梵宮、梵筵

1	梵宇開金地，香龕鑿鐵圍（全唐詩・宋昱〈題石窟寺〉・頁 1217）	「梵宇」，指佛寺；「梵宮」，梵天之宮殿也，今以爲佛寺之稱；「梵筵」，做佛事的道場。
2	梵宇聊憑視，王城邃渺然（全唐詩・王縉〈游悟眞寺〉・頁 1311）	
3	梵宮香閣攀霞上，天柱孤峰指掌看（全唐詩・獨孤及〈登山谷寺上方答皇甫侍御臥疾闕陪車騎之後〉・2769）	
4	永欲臥丘壑，息心依梵筵（全唐詩・閻防〈晚秋石門禮拜〉・頁 2842）	
5	朱紱遺塵境，青山謁梵筵（李白〈春日歸山寄孟浩然〉・頁 683）	

宋昱在〈題石窟寺〉中描述石窟寺的景觀，因石窟開鑿爲寺，原本平凡地已成爲佛菩薩的淨土，石窟寺猶如被鐵圍山圍住，香龕所在地乃此一小世界的中心、亦是須彌山；王縉在〈游悟眞寺〉中言從悟眞寺遠望，京城已渺然不可見，或許這是詩人寺中有感悟，暫且放下世俗塵心。詩人用王城代指紅塵，身雖在寺院淨地而心仍有塵緣罣礙，這是盛唐詩人的普遍困境；獨孤及在〈登山谷寺上方答皇甫侍御臥疾闕陪車騎之後〉中言及山谷寺周邊景觀，寺院位於山峰上，登上寺院高處，彷彿可經由指掌觸碰到高聳入雲的峰柱；閻防在〈晚秋石門禮拜〉中表明自己想要歸隱山林，放下紅塵俗心皈依佛門；李白在〈春日歸山寄孟浩然〉中言及孟浩然棄官歸隱山林，返回青山拜謁佛教寺院，作爲隱居重心。

（七）香台、香刹、香殿、香閣、紺殿

1	香台花下出，講坐竹間逢（全唐詩・孫逖〈奉和崔司馬游雲門寺〉・頁 1190）	「香台」、「香殿」，佛殿之別稱；「香刹」，佛寺的別名；「香林」即「禪林」，指寺院，僧徒聚居之處；「香閣」，宮廷或佛寺的臺閣，此為後者；「紺殿」，因寺廟的牆紺青色，故稱。
2	香刹夜忘歸，松青古殿扉（全唐詩・綦毋潛〈宿龍興寺〉・頁 1371）	
3	香殿蕭條轉密陰，花龕滴瀝垂清露（全唐詩・嚴武〈題巴州光福寺楠木〉・頁 2900）	
4	徘徊龍象側，始見香林花（高適〈同群公宿開善寺贈陳十六所居〉・頁 295）	
5	苔痕蒼曉露，盤勢出香林（李頎〈覺公院施鳥石台〉・頁 147）	
6	紺殿橫江上，青山落鏡中……天樂流香閣，蓮舟颺晚風（李白〈流夜郎至江夏，陪長史叔及薛明府，宴興德寺南閣〉・頁 949）	
7	明湖落天鏡，香閣凌銀闕（李白〈登巴陵開元寺西閣，贈衡岳僧方外〉・頁 997）	
8	雖有古殿存，世尊亦塵埃（杜甫〈山寺〉・頁 1059）	
9	江流映朱戶，山鳥鳴香林（全唐詩・儲光羲〈題眄上人禪居〉・頁 1379）	

　　孫逖在〈奉和崔司馬游雲門寺〉中所言乃是雲門寺的景觀，整個佛寺充滿春意盎然的叢花，游賞至竹林深處但見講經臺矗立其中；綦毋潛〈宿龍興寺〉中所述亦為龍興寺的景觀，夜晚的龍興大殿上，藉由聳立的青松映襯，佛寺氛圍更顯古樸，令人流連忘返；嚴武〈題巴州光福寺楠木〉中言及寺中蕭條罕有人影，整體氣氛轉為陰沉，置放神像之龕上鮮花亦受潮氣影響而有清露滲出；高適〈同群公宿開善寺贈陳十六所居〉中贈詩陳章甫，談及在寺中接觸到高僧大德，此感覺如見同為深契佛法的陳章甫，另解為聽高僧大德講經說法，其精湛妙法連天女均要來散花，以示虔敬；李頎在〈覺公院施鳥石台〉中所言乃放置佈施食物於鳥禽的石台景觀；李白在〈流夜郎至江夏，陪長史叔及薛明府，宴興德寺南閣〉中言興德寺橫立在江上，青山全境映在

水面中，飄渺的梵唱仙樂流洩在佛閣之中，船兒隨著晚風飄逸而去。李白在〈登巴陵開元寺西閣，贈衡岳僧方外〉中言湖面明淨廣大如天鏡落下，佛寺高聳入雲如仙宮；杜甫〈山寺〉中言雖然尚有早期興建的佛殿存在，但寺中香火已微，世尊佛相上亦多所塵埃沾染；儲光羲〈題昄上人禪居〉中提及上人禪室外有江流經過，水面上映照著朱紅色的大門，山鳥在寺院周圍鳴叫著。

（八）靈境、法堂

1	靈境信爲絕，法堂出塵氛（全唐詩·裴迪〈青龍寺曇壁上人院集〉·頁 1312）	「靈境」，莊嚴妙土，吉祥福地，多指寺廟所在的名山勝境；「法堂」即禪堂
2	南山勢回合，靈境依此往（全唐詩·綦毋潛〈題棲霞寺〉·頁 1369）	
3	肅寺祠靈境，尋眞到隱居（全唐詩·皇甫冉〈和鄭少尹祭中岳寺北訪蕭居士越上方〉·頁 2796）	
4	晚從靈境出，林壑曙雲飛（全唐詩·孫逖〈酬萬八賀九雲門下歸溪中作〉·頁 1190）	
5	作禮睹靈境，聞香方證疑（岑參〈登千福寺楚金禪師法華院多寶塔〉·頁 176）	

　　裴迪在〈青龍寺曇壁上人院集〉中讚賞青龍寺是佛教聖地，身處其中，不禁令人生起一股修行毅力、信心，佛寺氛圍超然脫俗，周遭均是莊嚴祥和之氣；綦毋潛在〈題棲霞寺〉中所述則爲棲霞寺所處的地理景觀；皇甫冉在〈和鄭少尹祭中岳寺北訪蕭居士越上方〉中言及中岳寺是佛教靈山聖境，此行另一目的則在尋訪修行精湛的蕭居士；孫逖在〈酬萬八賀九雲門下歸溪中作〉中所言乃從佛寺而出，此時山間曙雲已聚集騰湧；岑參在〈登千福寺楚金禪師法華院多寶塔〉中述說自己致禮多寶塔後，心中對俗世紛擾與修行迷惑，均逐一脫落釋疑並證得解脫之法。

（九）花宮、蓮宮、金人宮

1	花宮仙梵遠微微，月隱高城鐘漏稀（李頎〈宿瑩公禪房聞梵〉·頁 178）	「花宮」，指佛寺，諸天爲贊嘆佛說法之功德而散花如雨；「蓮宮」、「花宮」，均指寺廟；「金人」即今佛像，「金人宮」指佛寺。
2	貧居依柳市，閒步在蓮宮（全唐詩·皇甫冉〈酬楊侍御寺中見招〉·頁 2822）	
3	夜夜夢蓮宮，無由見遠公（全唐詩·皇甫冉〈望南山雪懷山寺普上人〉·頁 2825）	
4	花宮難久別，道者憶千燈（全唐詩·皇甫曾〈送普上人還陽羨〉·頁 2181）	
5	願謝區中緣，永依金人宮（岑參〈秋夜宿仙遊寺南涼堂呈謙道人〉·頁 145）	

　　李頎在〈宿瑩公禪房聞梵〉中描述夜宿瑩公禪房時，隱約之間聽到誦經梵樂遠遠傳來，此時月亮已隱身於高城，夜深的打更聲逐漸稀疏；皇甫冉在〈酬楊侍御寺中見招〉中言自己悠散於寺院之中。在〈望南山雪懷山寺普上人〉中，言自己經常夢見自己來到普上人所居寺院，但緣各一面，皇甫冉讚揚普上人猶如慧遠般德行深遠；皇甫曾在〈送普上人還陽羨〉中讚揚普上人的德行，言不論寺中僧眾或自己都難與普上人久別，因其德行常如燈火般照耀千百眾人，由燃一燈之火進而點燃千百之燈；岑參在〈秋夜宿仙遊寺南涼堂呈謙道人〉中言夜宿仙遊寺時所感，詩人願意辭謝俗世塵緣，長久皈依佛陀座下。詩人以俗緣比襯佛寺，願從此去俗緣歸向道緣。

（十）青蓮界、青蓮宇、蓮花界、金界、方外、禪扃

1	朝從青蓮宇，暮入白虎殿（岑參〈送青龍招提歸一上人遠遊吳楚別詩〉·頁 53）	「青蓮」，佛教以爲蓮花清淨無染，故常用以指稱和佛教有關的事物。「青蓮宇」、「青蓮界」，泛指佛寺；「蓮花界」，指佛地，佛教所稱西方極樂世界，在此指寺院；
2	夜來蓮花界，夢裡金陵城（李頎〈送王昌齡〉·頁 54）	
3	晝藏青蓮界，書入金榜懸（杜甫〈觀薛稷少保書畫壁〉·頁 960）	

4	池上青蓮宇，林間白馬泉（孟浩然〈過景空寺故融公蘭若〉・頁 66）	「金界」，即「金剛界」，開示大日如來智德之部門也，在此指佛寺；「禪扃」，佛寺之門；「方外」，指仙境或僧道的生活環境，此指佛寺；
5	怡然青蓮宮，永願恣遊眺（李白〈與元丹丘方城寺談玄作〉・頁 1059）	
6	我尋青蓮宇，獨往謝城闕（李白〈廬山東林寺夜懷〉・頁 1075）	
7	鐵冠雄賞眺，金界寵招攜（高適〈和竇侍御登涼州七級浮圖之作〉・頁 280）	
8	洞徹淨金界，蠲緣流玉英（全唐詩・李華〈雲母泉詩〉・頁 1591）	
9	攀雲到金界，合掌開禪扃（全唐詩・獨孤及〈題思禪寺上方〉・頁 2759）	
10	一從方外游，頓覺塵心變（全唐詩・張翬〈游棲霞寺〉・頁 1163）	

　　岑參在〈送青龍招提歸一上人遠遊吳楚別詩〉中言及歸一上人仍當官、未出家時，即經常出入佛門；李頎在〈送王昌齡〉中用蓮花界與金陵城相對，旨在說明傍晚在佛寺送別王昌齡，深夜夢中已見王昌齡到達金陵城，李頎思念之情頗深；杜甫在〈觀薛稷少保書畫壁〉中言及薛稷少保的畫中含蘊佛教藝術，仇兆鰲認為青蓮界即優鉢羅花，但筆者認為若僅有花而無其它佛寺藝術，優鉢羅花的超然脫俗難以顯明，精湛的畫家定當明瞭，故以佛寺為其指稱；孟浩然在〈過景空寺故融公蘭若〉中深蘊思念融公之情，融公生前所居之寺位於池上，附近的山林有口白馬泉，這都是融公以前常游之地；李白在〈與元丹丘方城寺談玄作〉中讚賞方城寺的環境幽雅清淨，令人怡然自得，連詩人都想長住此地，縱情遊覽觀眺。李白在〈廬山東林寺夜懷〉中則言自己離開城市，準備前往探訪慧遠所創建的東林寺；高適在〈和竇侍御登涼州七級浮圖之作〉中言及竇侍御登上佛塔遠望，整體佛教氛圍濃厚，自有一股吸力招引人們修持佛法；李華在〈雲母泉詩〉中主要在形容雲母泉的水質似有某種功效，故此句在說明此泉從山中而出再環繞寺院週遭，彷彿是在淨盡佛寺所染之塵俗，所流之泉即如珍貴的

涎液，不僅可泡茶更可和藥煎煮，功效加倍；獨孤及在〈題思禪寺上方〉中描述遊覽禪寺的見聞與感觸，詩人攀登至佛寺所在的高峰，來至寺院門前，正巧僧人正開寺門，彼此合掌恭敬示意；張翬在〈游棲霞寺〉中則提及在佛寺遊覽之後，於紅塵所染的俗氣、俗心，頓覺產生變化，塵心已然洗滌、脫落。

（十一）道林、道場

1	道林隱形勝，向背臨層霄（全唐詩・綦毋潛〈題鶴林寺〉・頁 1368）	「道林」、「道場」，指佛寺。
2	更有真僧來，道場救諸苦（全唐詩・崔曙〈宿大通和尚塔敬贈如上人兼呈常孫二山人〉・頁 1602）	
3	衰草經行處，微燈舊道場（全唐詩・秦系〈秋日過僧惟則故院〉・頁 2889）	
4	回指嵩樹花，如聞道場鼓（王昌齡〈諸官遊招隱寺〉・頁 76）	

綦毋潛在〈題鶴林寺〉中所述是鶴林寺所在地的景觀，鶴林寺位於相當隱密的山林之中，其正面與背面均被層層雲氣籠罩著；崔曙〈宿大通和尚塔敬贈如上人兼呈常孫二山人〉的意涵有雙關，一為讚揚大通和尚真修行，常為眾人開示佛理、導人解脫煩惱，另一解則在讚揚如上人效法大通和尚的真修行，常為人開示離苦得樂之法。筆者認為此「真」字意涵深遠，具有詩眼功能，因為如果僧人非「真」，則苦何以能化解？非真修行者，難以勘透苦諦；秦系在〈秋日過僧惟則故院〉中感慨佛寺的沒落，以往僧人修行的經行地，如今已長滿衰微的荒草，僅剩些許香火維繫著寺中照明；王昌齡在〈諸官遊招隱寺〉中所述為遊招隱寺的感觸，見聞寺中僧人的修行與說法，讚揚其修行，如開在嚴壁上的樹花般堅忍，所說之法，如同寺中法鼓般聲聲震人心目。

（十二）寶坊、寶剎、寶塔、寶地、寶龕、金剎

1	寶坊求往跡，神理駐沿洄（全唐詩·綦毋潛〈祇園寺〉·頁 1372）	「寶坊」，對寺院的美稱；「寶剎」、「金剎」，佛國，佛土，佛寺，佛塔；「寶地」，指佛寺；「龕」，供奉神佛或神主的石室或小閣子，亦指佛塔。
2	佛身瞻紺髮，寶地踐黃金（全唐詩·綦毋潛〈登天竺寺〉·頁 1371）	
3	寶坊若花積，宛轉不可窮（全唐詩·儲光羲〈至閑居精舍呈正上人〉·頁 1383）	
4	金園寶剎半長沙，燒劫旁延一萬家（全唐詩·張謂〈長沙失火後戲題蓮花寺〉·頁 2027）	
5	寶龕經末劫，畫壁見南朝（全唐詩·皇甫曾〈贈鑒上人〉·頁 2185）	
6	寶塔凌蒼蒼，登攀覽四荒（李白〈秋日登揚州西靈塔〉·頁 977）	
7	水搖金剎影，日動火珠光（李白〈秋日登揚州西靈塔〉·頁 977）	
8	半空躋寶塔，時望盡京華（孟浩然〈登總持浮圖〉·頁 58）	
9	金剎青楓外，朱樓白水邊（杜甫〈舟月對驛近寺〉·頁 1900）	
10	法向空林說，心隨寶地平（王維〈與蘇盧二員外期遊方丈寺而蘇不至因有是作〉·頁 340）	
11	翡翠香烟合，琉璃寶地平（王維〈遊感化寺〉·頁 439）	

　　綦毋潛在〈祇園寺〉中言看到祇園寺，就想起祇孤獨長者佈金建祇園的典故，當年在印度的傳奇事蹟，至今仍流傳著，從中國建有祇園寺就可得證明；綦毋潛的〈登天竺寺〉是詩人在遊覽佛寺時的觀見，此寺的佛相莊嚴、栩栩如生，佛寺建構亦如給孤獨長者建精舍般用心甚深，才能讓人在觀覽時，湧出一股彷若置身佛陀當年在給孤獨園講法時，親炙佛音的法喜；儲光羲在〈至閑居精舍呈正上人〉中描繪寺中寺外花與樹之多，不論如何遊逛似乎都沒有窮盡的時候；張謂在〈長沙失火後戲題蓮花寺〉中言長沙失火時，寺院、僧塔也無倖免，這場

大火使一萬戶民屋被波及；皇甫曾在〈贈鑒上人〉中提到因寺院有鑒上人的德行，才能使得佛理、佛教遠播而未受佛法末劫的影響，寺中畫壁猶可見當年南朝的佛法隆盛；李白在〈秋日登揚州西靈塔〉一詩中描述自己登上西靈塔的的所見與感想，先言寶塔之高深入雲天，後言水中映有寶塔之影，塔上之珠被日光所照正閃耀著；孟浩然在〈登總持浮圖〉中提及總持浮圖是長安最高之所，因此當孟浩然登上時，才會說出整個京城景色盡入眼底；杜甫在〈舟月對驛近寺〉中描寫舟中的作者於夜深人靜時仍未眠，詩中描述佛寺在青楓外，驛站在水旁；王維在〈與蘇盧二員外期遊方丈寺而蘇不至因有是作〉中言及與友人同約寄宿佛寺，進入佛寺的所見感觸，寺中園林久經佛法滋潤，自然顯出佛法沉靜氛圍，一踏入佛寺，這煩動塵心也受感染趨向靜寂。王維〈遊感化寺〉則描述佛殿上青煙瀰散籠罩著寺院，以琉璃裝飾的佛殿地面甚是平坦。王維這兩首詩都在敘說寺院與「平」的關聯，家中的地平並不一定能讓人心平，但佛寺卻能使人清淨，其因在於寺中的佛法氛圍，所以寺平所象徵的意涵不是地平，而是一進佛寺所獲得的心平。

（十三）畫剎、支提、禪局、香界、浮圖、化塔、覺苑、清淨所、火珠、龍堂、金銀、月殿

1	稍覺清溪盡，回瞻畫剎微（全唐詩·孫逖〈酬萬八賀九雲門下歸溪中作〉·頁1190）	「畫剎」，有彩繪裝飾的佛寺；「支提」，原義集聚，佛火化後以土石、香柴積聚而成的紀念物，亦為塔、剎的別名；「香界」即佛寺；「浮圖」、「化塔」，均指佛塔；「覺苑」，本謂佛所居的淨土，借指僧院；「清淨」，指遠離惡行與煩惱，「清淨所」指的是佛寺；「龍堂」，畫有蛟
2	及爾不復見，支提猶岌然（全唐詩·顏真卿〈使過瑤臺寺有懷圓寂上人〉·頁1586）	
3	香界泯群有，浮圖豈諸相（高適〈同諸公登慈恩寺塔〉·頁233）	
4	化塔圪中起，孤高宜上躋（高適〈和竇侍御登涼州七級浮圖之作〉·頁280）	
5	露冕眾香中，臨人覺苑內（高適〈同馬太守聽九思法師講金剛經〉·頁323）	

6	本來清淨所，竹樹引幽陰（王昌齡〈同王維集青龍寺曇壁從上人兄院五韻〉‧頁 209）	龍之堂，後指寺觀，在此為精舍名；「火珠」，即火齊珠，塔上之寶珠也；「金地」乃佛之居住地，「銀地」乃菩薩之居住地，後借指佛寺；「月殿」即「月宮」，月宮主人為月天子，月宮的天子。佛經謂為 大勢至菩薩 的化身。此句是泛指佛殿；
7	龍堂若可憩，吾欲歸精修（李白〈與南陵常贊府遊五松山〉‧頁 957）	
8	氣色皇居近，金銀佛寺開（杜甫〈龍門〉‧頁 29）	
9	釣磯開月殿，築道出雲梯（王維〈和宋中丞夏日遊福賢觀天長寺之作〉‧頁 499）	

　　孫逖在〈酬萬八賀九雲門下歸溪中作〉中言及在山林中行走，直至溪流盡處，回首出發時的美麗佛寺已遠微；顏真卿在〈使過瑤臺寺有懷圓寂上人〉中所言是懷念上人，雖然上人已離開瑤臺寺，但其風範仍留有高聳直立的佛寺中；高適在〈同諸公登慈恩寺塔〉中提及登上慈恩寺塔遠眺時，內心有所感觸，認為萬事萬物均無實相，終將消亡，即便是莊嚴佛塔亦是諸相之一，其體本空。「香界」是佛寺、「浮圖」是指佛塔，作者使此二者對舉，其意在說明無論何物，其體本空終將幻滅，實不可著滯。高適在〈和竇侍御登涼州七級浮圖之作〉中言及佛塔之高。高適在〈同馬太守聽九思法師講金剛經〉中則言此刻在佛寺的馬太守，是位有德行予人民的官員，來此聽經不僅是求己覺悟，更在尋求治理、照顧百姓之道；王昌齡在〈同王維集青龍寺曇壁上人兄院五韻〉中所言佛寺本即清淨不染之處，而青龍寺位於一片幽靜的竹林叢樹中；李白在〈與南陵常贊府遊五松山〉中言若龍堂精舍可以暫留休息，詩人願意在此精進修行佛法；杜甫〈龍門〉詩中言及龍門景觀，其地位處東京，京中宮殿自是氣宇壯麗，附近佛寺、佛窟林立，其彩飾紋雕華美，猶如佛教世界中佛、菩薩所居之地；王維在〈和宋中丞夏日遊福賢觀天長寺之作〉中提及天長寺的周圍景觀，寺院原是希烈的房舍，後捐出蓋寺，天長寺建築在希烈垂釣的大石旁邊。